マドンナメイト文庫

【完堕ち】アイドル養成学校処女科

羽村 優希

目次

contents

【完堕ち】アイドル養成学校処女科

プロローグ

軽快なヒップホップが流れるスタジオで、十四人の少女が瑞々《みずみず》しい肉体を躍動《やくどう》させている。

桜色に染まった頬、首筋にうっすら浮かんだ汗。室内に充満する甘酸っぱい香りに、指導役の提下賢介《さげしたけんすけ》は股間の逸物をひりつかせた。

成長途上にある彼女らは初々《ういうい》しい魅力を放ち、意識せずとも目を細めてしまう。

（どの子も蒼《あお》い果実といった感じだけど、アイドルとして通用しそうなのは……やっぱりこの三人かな）

賢介はスタジオ内を行ったり来たりしつつ、鏡張りの最前列で踊る工藤莉奈《くどうりな》によこしまな視線を向けた。

ぱっちりした目、小さな鼻、ふっくらした唇と、愛くるしいルックスは他の追随《ついずい》を許さない。

セミロングのボブヘアが清楚な印象を与えたが、あるトップアイドルに憧れ、反対する両親を説得してスクールの門を叩いた、芯の強い一面も持ち合わせている。

誰の目から見ても、提下アクターズスクール一の有望株だ。

(この子が入校して、そろそろ二年か……最初の頃と比べると、女らしくなったよな。先月まで小学生だったなんて、とても信じられないよ)

賢介は満足げに頷《うなず》きつつ、続いてスマート体型の水森紗栄子《みずもりさえこ》を注視した。

中学二年の彼女は歌もダンスも秀《ひい》でた実力派で、母子家庭のうえに母が病弱なため、ハングリー精神に長《た》けている。

プロ意識はもちろん、アイドルになる気持ちが誰よりも強い少女だった。

セミショートの髪型、猫のような目、すっと通った鼻梁《びりょう》に薄くも厚くもない唇と、大人っぽい雰囲気がいちばんのチャームポイントか。

ポニーテールを翻《ひるがえ》す佐々木美蘭《ささきみらん》は早生まれの中学一年生で、ベビーフェイスの容《よう》貌《ぼう》だけなら小学生と見間違えてしまう。

アーモンド形の目に丸顔、愛嬌のある顔立ちは小動物を連想させるが、身を跳ね躍らせるたびにたゆんと揺れる大きなバストが劣情を催《もよお》させた。

彼女の母親はアイドル志望だったらしく、叶わなかった自分の夢を娘にかけているらしい。

天真爛漫《てんしんらんまん》、おっとりした性格は、好感を抱かれやすいという点で大きな武器になる。

その他のスクール生はドングリの背比べで、賢介の気を惹《ひ》くダイヤの原石は見当たらなかった。

（ああ……素っ裸にさせたい。あの子たちのおマ×コ、どうなってんだろ。毛は生えてるのかな）

穢《けが》れを知らない少女を押さえつけ、無理やり手ごめにしたら、どんな反応を見せるのだろう。

考えただけで胸が騒ぎ、大量の血液が海綿体に流れこむ。

三人の美少女に舐めるような視線を注いだものの、不埒《ふらち》な衝動を実行に移す度胸は微塵《みじん》もない。

頭にこびりつく当面の厳しい現実に、賢介は思わず口元を歪《ゆが》めた。

第一章　アイドルを夢見る幼い恥体

1

提下アクターズスクールは東京郊外の地方都市にあり、アイドルを目指す地元のスクール生らのレッスン料で成り立っている。

このスクールは元アイドルの母が起ちあげたもので、四階建ての自社ビルの二階から四階を事務所兼レッスン場所として使用していた。

アイドル時代のパイプを利用し、複数の少女を芸能界にデビューさせた実績はあるのだが、母が一年前に交通事故死してから事態は一変した。

スクール生は徐々に減少し、現在は十四人。これではとてもやっていけず、母の遺産を食いつぶしてしまうのは時間の問題だった。

(新年度に入ってから、ごっそり辞めちゃったもんな。スクールを閉めて、一階のコンビニみたいに、二階から四階も貸店舗にすれば、何とか生きてはいけるんだけど。冷静に考えれば……ここが潮時なのかな)

マネージメントとボイストレーニングは亡き母が、ダンスと演技指導、体感を鍛えるためのバレエは二人の指導員が務めていたのだが、経営の悪化から見切りをつけて立てつづけに退職してしまった。

今は毎週日曜日だけ外部からボイストレーナーを雇っていたが、実質は賢介一人でスクールを回している状況なのだから、レッスン生が愛想を尽かすのも無理はない。もちろんマネージメント業に時間をかける余裕はなく、地元のライブハウスで月二回のライブを開催するのが唯一の芸能活動という有様だった。

(固定ファンはいるけど、地方の小さなライブハウスでダラダラやっててもな。そもそも、芸能関係の仕事なんて柄《がら》じゃないんだよ。母さんのあとに、くっついてただけなんだから)

賢介は今年二十四歳。両親は小学四年のときに離婚し、母一人子一人の母子家庭で育った。

東京の大学に通っていた頃は女とギャンブルに明け暮れ、勝手に中退したうえに多額の借金を作ってしまい、母の逆鱗《げきりん》に触れたことから地元に連れ戻されたのである。無理やりスクールに就職させられたのは、そばにいて目を光らせるためだったのだろう。

不幸中の幸いは女遊びがバレなかったことで、もし知られていたら、子羊の群れの中に狼を放つようなマネはしなかったに違いない。

何にしても、業界に足を踏み入れてから三年しか経っておらず、スクールを一人で切り盛りしていく自信などあるわけがなかった。

(今にして思えば、このスクールの絶頂期は、母さんの葬式がいちばんのピークだったのかも)

アイドル時代の仲間や母が育てたタレントや女優など、芸能関係者がこぞって弔《ちょう》問《もん》に訪れ、スクール生はもちろん、父兄らもざわついたものだ。

まさか、一年余りでここまで凋落《ちょうらく》しようとは……。

壁に貼られたポスターをチラリと見やれば、大手レコード会社が主催するアイドルオーディションの告知が目に入った。

グランプリを手にすれば、CDデビューはもちろん、テレビや映画の出演、全国展開での宣伝が確約されるのだ。

ご当地アイドルとは比較にならない好待遇は、やはり大きな魅力だった。

(八月末、あと四カ月ちょっとか。これを最後に、スクールは閉鎖するべきかな。ああ、でも……)

美少女三人との接点も切れることになり、どうしても後ろ髪を引かれてしまう。

初々しい魅力にあてられ、今ではすっかりロリコン男に変貌してしまった。

もはや大人の女性や風俗嬢では満足できず、欲求不満は頂点に達しているのだ。

何か、妙案はないのか。淫らな関係を結ぶきっかけが舞いこんでこないか。

莉奈、紗栄子、美蘭の裸体を思い描けば、男の象徴がジャージの下で容積を増していく。

賢介は目を吊りあげ、彼女らの肢体を食い入るように見つめた。

2

「先生、さよなら」

「さよなら。気をつけて帰るんだよ」

賢介はレッスンを終えたスクール生らを見送ったあと、エントランスの扉を閉め、エレベーターに取って返した。

ビルの二階は事務所兼応接室、三階は更衣室とボイストレーニング室、四階にはダンススタジオの設備を整えている。

三階に降り立った賢介は出入り口を開け、更衣室に向かって歩を進めた。

廊下はしんと静まり返り、自分の足音だけが反響する。心臓が拍動しだし、緊張から自然と口元が強《こわ》ばった。

「誰か残ってるかな？　開けるぞ」

更衣室の扉をノックして呼びかければ、室内から返答はなく、ドアノブをゆっくり回して中を覗きこむ。

人の気配はなく、賢介は照明をつけたあと、ホッとしながら足を踏み入れた。

薄いグレーの絨毯《じゅうたん》が敷かれた二十畳ほどの部屋には、両サイドの壁にスチール製のロッカー、真正面には小窓と洗面台、中央には大きなテーブルと数脚の簡易椅子が置かれている。

賢介は窓の鍵を閉め、ロッカーをひとつひとつ開けて、忘れ物がないかを確認した。

（パンティぐらい、忘れていけばいいのに……まあ、そんなことはありえないか）

かつて、レッスンの合間に下着目的で更衣室に忍びこんだことがある。

だが亡き母が、貴重品は必ず身近に置くことを徹底指導していたため、スクール生はバッグをスタジオに持ちこみ、ロッカーにはジャケット類しか確認できなかったのだ。

ましてやダンスレッスンでは、パンティを穿き替える必要性があるとは思えない。

それでも期待してしまうのは、男の悲しい性《さが》か。

(もっとも、誰のパンティかわからないんじゃ、その気にならないけど)

どのスクール生も三人の美少女以外は十人並みで、異性としての魅力は感じない。

興味があるのは、莉奈、紗栄子、美蘭だけなのだ。

賢介は顔を上げ、ロッカーの上に置かれた複数のダンボール箱に目をとめた。

中にはライブの際に使用する横断幕や幟《のぼり》、物販用のＣＤやグッズが入っており、いちばん端のダンボールを摑んで床に下ろす。

上蓋を開け、中から黒い物体を取りだせば、男の分身がいやが上にも重みを増した。

「ちゃんと撮れてるかな」

賢介が手にした物は小型ビデオカメラで、ダンボール箱の側面に小さな穴を開け、美少女らの着替えを盗撮しているのだから、犯罪以外の何ものでもない。

スクール生に手を出す度胸がない以上、今は倒錯《とうさく》的な方法で性欲を発散するしかないのだ。

（今日こそ、あの三人のうちの誰かがはっきり映ってればいいんだけど）

スマホ型のカメラをジャージの尻ポケットに入れ、ほくほく顔で更衣室をあとにする。その足で女子トイレに向かう最中、ペニスはフル勃起し、歩きにくいことこのうえなかった。

個室にも隠しカメラを仕掛けており、こちらは少女のいたいけな秘園がばっちり覗けるのだ。

（くうっ、たまらん。早く確認しないと！）

ワクワクしつつ、トイレの扉を開けようとした刹那、賢介は想定外の出来事に背筋を凍らせた。中から出てきた紗栄子と、鉢合わせしたのである。

デニムのジャケットにスカート、肩からバッグをかけた姿は明らかに帰り支度の恰好だった。

「うわっ、びっくりした！」

大袈裟に驚く一方、腋の下がじっとり汗ばむ。クールな美少女はニコリともせず、憤然《ふんぜん》とした顔をしていた。

「ま、まだ……残ってたんだ？」

紗栄子はレッスン終了後にスタジオを真っ先に飛びだしたため、見送りをする前に帰宅したのだと思っていた。

（……あっ!?）

彼女は小型ビデオカメラを手にしており、あまりの恐怖心に鳥肌が立った。

（やばい、やばいぞ！　何としてでも、ごまかさないと!!）

平静を装《よそお》い、穏やかな口調で問いかける。

「ど、どうしたんだ？　そんなに怖い顔して」

「……これ」

賢介は目の前に差しだされたカメラを見つめ、わざとらしく眉をひそめた。

「何？」

「盗撮カメラです。女子トイレに仕掛けられてました」

「えっ!?　ちょ、ちょっと見せて」

カメラの前面部にある小さなレンズを確認し、驚く素振りを装う。

「どこに……あったの？」

「個室の中に、備品を置くための戸棚がありますよね。扉の端に錐《きり》で開けられたような穴があって、不審に思って調べてみたら、これが見つかったんです」

「いったい、誰がこんなもの……」

全身の毛穴から汗が噴きだし、心臓が早鐘を打ちだした。

ビルのエントランスはオートロック式のため、外部からの侵入はまずありえない。

「君たちがやってくるとき、ドアは二十分ほど開放してるけど、そのときに侵入されたのかな。気をつけてはいたんだけど……」

それでもトイレの備品棚に穴を開け、隠しカメラを設置することは不可能に近く、内部の人間の犯行と考えるのが妥当《だとう》だった。

紗栄子もそう思っているのか、疑惑に満ちた目を向けている。

「わかった……この件は、先生に任せてくれるかな？　カメラを調べて、警察に連絡するよ。もしかすると、犯人の姿が映ってるかもしれないし……」

カメラを傾けた賢介は次の瞬間、言葉を呑みこんだ。

(あっ……SDカードが抜き取られてる！)

愕然《がくぜん》として立ち竦《すく》み、顔から血の気が失せていく。

紗栄子は肩からかけたバッグに手を添え、険しい表情のまま口を開いた。

「私、ダンスや演技をチェックするために、いつもタブレットを持ち歩いてて、SD

カードも読みこめるんです」

「あ、あ……」

賢介はいつも電源を入れてから小型ビデオカメラを設置しており、これまでの映像には確かに自分の姿が映りこんでいたのだ。

おそらく彼女は、トイレの個室でSDカードを確認していたのだろう。

(あぁ、迂闊《うかつ》だった。どうしよう……)

ただ肩を震わせるなか、クールな美少女はついにとどめを刺した。

「映像の最初に映っていたのは、紛れもなく先生でした」

「……くっ」

もはや、言い逃れはできそうにない。

破滅の二文字が脳裏を駆《か》け巡り、どす黒い感情が噴きだす。

(い、いや待てよ。他のスクール生には知られてないみたいだし、この子の口さえ封じれば、何とかなるかも)

相手はまだ中学二年、人生経験未熟な少女なのだ。

うまく立ちまわれば、言いくるめられるのではないか。

賢介は口の中に溜まった唾を飲みこみ、この期《ご》に及んで空とぼけた。

「い、いや……そんなことするはずないよ。先生に似た男なんじゃないかな？」

「着ていたジャージも同じでした。先生以外にありえません」

沈黙の時間が流れ、重苦しい雰囲気に息が詰まる。

紗栄子は視線をスッと外し、そのまま賢介の真横を通りすぎようとした。

「ちょっ……」

母親に事の顚末《てんまつ》を報告するのか、それとも警察に直行するのか。

どちらにしても、絶体絶命のピンチに心臓が縮みあがった。

どんな手段を使ってでもＳＤカードを奪い取り、証拠を隠滅《いんめつ》しなければならない。

賢介は衝動的に紗栄子の手首を摑み、無理やり引っ張った。

「あ……」

彼女は両足で踏ん張るも、男の力に敵《かな》うはずもなく、難なく更衣室に引きずりこむ。

美少女は恐怖に顔を歪ませたものの、すぐさま睨《にら》みつけた。

「何をするんですか！」

「それ、どうするつもり？」

「母に言います」

「そんなことされたら、俺が困るよ」

「自分がしたことじゃないですか！」

「返してくれないかな？」

間合いを詰めれば、紗栄子はじりっじりっと後《あと》ずさる。やがてテーブルの端で立ち止まり、瞳に涙を滲《にじ》ませた。

精神的に優位に立ち、わずかながらも余裕が生まれる。

(気の強いこの性格じゃ、頭を下げて頼んだところで聞くはずないか)

警察に通報される可能性は高く、ＳＤカードを奪い取ったとしても、紗栄子は盗撮の事実をスクール生らに吹聴《ふいちょう》するだろう。

今の時点で唯一の口止め方法は、脅迫することしか思いつかなかった。

「変な気を起こしたら、君だって大恥を掻《か》くことになるんだよ」

「ど、どういう意味ですか？」

「君の排泄シーン、バッチリ撮ってあるんだから。いいのかな？　うら若き乙女のはしたない映像がネットに流れても」

美少女はぽかんとしたあと、信じられないといった表情を見せる。

賢介は意識的にニヒルな笑みを浮かべ、さらなる追い打ちをかけた。

「アイドルデビューにも大きく影響するだろうね。君に落ち度はなくても、イメージ商売だから、芸能関係者はそっぽを向くと思うよ」

涙目で唇を噛みしめる姿を見ていると、この程度ではまだまだ安心できない。

（は、辱《はずかし》めを与えるんだ。スマホで裸の写真を撮っておけば、いやでも口を噤《つぐ》むしかないはず！　あわよくば……）

盗撮に淫行、さらには強制性交等罪が加われば、罪は格段に重くなる。それがわかっていても獰猛《どうもう》な情動を止められず、賢介は野獣のごとく襲いかかった。

3

「きゃっ」

バッグが床に落ち、紗栄子がテーブルの上に倒れこむ。

「い、いやっ」

彼女は手首を摑んで抵抗したが、すかさず首筋に唇を這《は》わせ、少女の体臭をくんくんと嗅ぎまくった。

「いやっ、いやっ、やめてください！」

レッスンでたっぷり汗を掻いているのだから、恥ずかしいのは当然のことだ。舌でベロンと舐めると、紗栄子は目を剝《む》き、甲高い悲鳴をあげた。

「やぁぁあぁぁあっ!!」

スクールきっての実力者だけに、声がよく通る。

窓を閉めているとはいえ、駅近くの立地だけに人の往来が多く、焦った賢介は身を起こしざま口を手で塞《ふさ》いだ。

「そんな大きな声を出して、人に気づかれたらどうすんだよ！」

「むう、むう」

ドスの効《き》いた声で脅しをかけるも、紗栄子は少しも怯《ひる》まず、身をよじって抵抗する。

（なんて、気の強い女の子なんだ！　ここまでしちまった以上、中途半端にやめられるか！）

学生時代は暴力的な行為や薬物を使って女たちを手ごめにしてきたが、相手は子供だけに、殴って言うことを聞かせるわけにもいかない。

こんな事態になろうとは夢にも思わず、もちろんクスリの用意もしていなかった。

（ど、どうする？　何かいい方法はないか……そ、そうだ！）

あるアイデアを閃《ひらめ》かせ、しがみつきざま耳元で囁《ささや》く。

「八月に催されるアイドルオーディション、君を選抜の一人に入れてあげるよ」

懐柔策《かいじゅうさく》に打って出れば、紗栄子は身体の動きをピタリと止めた。

「お母さん、大変だね。身体が弱いのに、パートをふたつ掛け持ちしてがんばってるんだから。早くアイドルになって、楽をさせてあげたかったんだろ？」

とたんに表情が憂いを帯《お》び、美しい瞳が涙で潤む。賢介は少女に考えるいとまを与えず、さらなる条件を提示した。

「スクール生の中で、歌もダンスも頭ひとつ抜けているのは自分でもわかってるよな。あのオーディションに出れば、芸能関係者は間違いなく注目するはずだ。最高のチャンスじゃないか」

「む……むぅ」

「大きな声は出さないこと。いいね？」

念押しして口から手を離し、紗栄子の顔をじっと見つめる。少女はこちらの心の内を探るような視線を向け、ゆっくり口を開いた。

「……辞めます」

「え？」

「東京の芸能事務所に入ります」

「ちょっと待てよ。東京はライバルが多いし、事務所に入れたからといって、すぐにデビューできるわけじゃない。ボイストレーニングやダンスレッスンだって、また一からやりなおさなきゃいけないし、デビューするまで何年かかるか。そんな甘い世界じゃないんだぞ」

迷いが生じたのか、紗栄子は悲愴感を漂《ただよ》わせ、賢介はここぞとばかりに少女の純粋な心を煽《あお》った。

「実はここだけの話だけど、大手芸能事務所の社長さんがこの前のライブを見学しにきてね」

「……え？」

「亡き社長が世話になった人なんだけど、君がいちばん気になるって言ってたんだ」

「ホ、ホントですか？」

「ああ、もしオーディションに落ちたとしても、君さえよかったら、その社長さんを紹介してあげるよ」

願ってもない好条件に気持ちが揺れたのか、紗栄子の顔に血色が戻り、目がきらめきだす。もちろん大手芸能事務所の話は根も葉もない作り事で、そんな人物はこの世に存在しない。

果たして、少女はその場逃れの嘘八百を信じるのか。

大人の女性では通用しないだろうが、相手は中学二年の女の子なのだ。息を潜めて待ち構えると、紗栄子は一転して落ち着いた口調で答えた。

「オーディションの選抜メンバーに……私を選んでくれるんですか？」

「あ、ああ、それは絶対に約束する！　こちらも弱みを握られてるわけだし、取引しようじゃないか！」

真摯《しんし》な態度で即答するも、少女はまだ納得できないのか、顔が不信感に満ちている。盗撮という卑劣な犯罪が、どうしても許せないのかもしれない。

「あんなことは二度としないとも誓う。明日にでも備品棚の扉を取っ払って、カメラを隠せるような場所はいっさいなくすよ。だから……」

「わかりました」

「……え？」

「SDカードは返します」

「おおっ、わかってくれたか」

思わず破顔《はがん》するも、彼女の言葉にはまだ続きがあった。

「オーディションが終わったあとでいいですよね」

指導者への信頼感は地に落ちたといっても過言ではなく、とても信用できないのだろう。紗栄子は、こちらが考えていた以上に大人のようだ。

（じょ、冗談じゃない。いつ心変わりするかわからないし、針のむしろ状態の生活を送るなんて、真っ平ごめんだ！）

しかもオーディションの終了後に返すということは、このスクールを辞める方向に気持ちが傾いているとしか思えなかった。

グランプリの栄冠に輝けば、マスコミに報道されるし、複数の芸能関係者からも注目を浴びる。

他の事務所に移籍した直後に、盗撮行為を暴露されたら一巻の終わりなのだ。

下手《したて》に出たところでカードは返さないだろうし、無理やり奪い取っても、感情的になった彼女がどんな行動に出るか予想がつかない。

（やっぱり……最終手段に縋《すが》るしかないかも）

猛禽《もうきん》類に似た目つきに変わった賢介は、とりあえず了承したフリをした。

「うん、わかった。それでいいよ。君と僕は、これから運命共同体になるわけだ」

微笑を浮かべつつ身を屈《かが》め、耳に熱い息を吹きかける。

「……あ」

紗栄子は肩をビクッと震わせ、すかさず緊張に身を引き締めた。

「せ、先生……何を」

「言っただろ。運命共同体だって。お互いのことを、もっと知り合わないと」

「や、やめてください」

少女は賢介の胸を押し返し、テーブルから下りて逃げだそうとする。そうはさせじと袖を摑めば、彼女はジャケットを脱ぎ捨て、出入り口に向かって駆けだした。

(逃がしてたまるか!)

慌ててあとを追い、背後から抱きかかえて取って返す。

「いやっ、いやっ、離してっ!」

「おとなしくしろって」

再びテーブルに寝かせ、今度は全体重をかけてのしかかると、猫のような目に恐怖の色が滲んだ。

「ひっ……ンっ!」

強引に唇を奪い、瑞々しいリップを心ゆくまで貪《むさぼ》り味わう。

(おおっ、キスしてる!)

噛まれる怖れから舌こそ入れられなかったが、プルプルした弾力と感触に酔いしれ、あこぎな欲望が暴風雨のごとく吹き荒れた。

十八歳未満の異性と濃厚な接触を持つのは初めての経験だ。

胸元に手を伸ばせば、今度は小高いバストの感触が手のひらに伝わる。ふんわりしていながらも硬い芯を残した蒼い果実に、ジャージの下の逸物が小躍りした。

膨らみの頂点を指先で引っ掻いた瞬間、紗栄子は腰を弾ませ、鼻からくぐもった声を洩《も》らす。

「ンっ、ンぅぅっ」

中学二年生でも、それなりの快感を得ているのかもしれない。

首筋からぬっくりした体臭が立ちのぼると、気をよくした賢介はシャツ越しの乳頭を執拗《しつよう》に爪弾《つまび》いた。

「ンっ！　ンっ！　ンっ！」

やがて息苦しくなったのか、唇が開かれ、熱い吐息が口中に吹きこまれる。とたんに甘やかな果実臭が鼻腔《びくう》を突き抜け、清らかな唾液がくちゅんと跳ねた。

（おっ、おっ、ディープキスできるかも！）

舌を噛まれる不安は消え失せなかったが、煮え滾《たぎ》る淫情には敵わない。

少女の身体から無駄な力が抜け落ち、今ならという思いに衝《つ》き動かされる。

（ままよっ！）

賢介は舌を唇の隙間から潜りこませ、ツルツルの歯と引き締まった歯茎を舐めまわした。

逃げまどう舌を搦《から》め捕り、甘やかな唾液をジュッジュッと啜《すす》りあげるも、彼女はさほどの抵抗を見せずに身をくねらせる。

小さくて薄い舌の感触、女子中学生を蹂躙《じゅうりん》しているという事実に男が奮い立ち、これまで経験したことのない新鮮な刺激が、賢介を堕淫の世界に引きずりこんだ。

ここまで来たら、何としてでも肉体関係を結びたい。

キスをしながら下腹部に目を向ければ、デニムのスカートが捲れあがり、すらりとした太腿が剥きだしになっている。

股の付け根には、まだ見ぬ神秘の園が息づいているのだ。

さっそく裾をたくしあげると、ボーダー柄のパンティが晒《さら》され、怒張がことさらいなないた。

（お、おおっ！）

丈の短いセミビキニタイプで、こんもりした恥丘の膨らみが視界に入る。鼻息を荒らげた賢介は、間髪をいれずにパンティの上縁から手を忍ばせた。

「……ンっ!?」

指先が柔らかい茂みをとらえ、ふっくらした感触に陶然《とうぜん》とする。

(毛が生えてる!)

恥毛の存在が子供という認識を吹き飛ばし、目の前の少女をエロスの象徴に変えた。

さらに手を伸ばした直後、肉の綴じ目に指がはまりこみ、嬉々とした表情で指のスライドを開始する。

「ンっ、ンっ、ふうぅっ!」

紗栄子は腰をよじって抗《あらが》うも、中止という考えはかけらもない。

何としてでも淫らな関係を築き、後ろめたい気持ちを植えつけたうえで口止めするしかないのだ。

(多分、SDカードはバッグの中だ。奪い取って、念のためにヌードの動画も撮っておかないと! そのためには……)

失神状態まで追いこみ、意識が朦朧《もうろう》としている隙を狙わなければ……。

果たして、思惑どおりに事が運ぶのか。

大人びているとはいえ、性感が発達しているとは思えず、ましてや処女なら、破瓜《はか》の痛みから延々と泣きじゃくる可能性も否定できない。

(まあ、いいや。そのときはそのときで考えよう!)

意を決した賢介は少女を快楽に導くべく、スリット上に指を往復させた。

クリトリスや陰唇らしき肉の帯は確認できず、ひたすら単調な律動を繰り返す。

紗栄子はこちらの腕を摑んでいたが、徐々に手から力が抜け落ちていった。

（ん、どうしたんだ？）

怪訝な顔をした直後、指のすべりが軽やかになり、同時に肉の突起らしき感触をとらえる。

（感じてる！　感じてるんだ！）

少女は腰をもじもじさせ、口中に吹きこまれる吐息も間隔がいちだんと狭まった。

やがてぬるりとした粘液が指先に絡みつき、心の中で快哉を叫ぶ。

中学二年なら性に対する知識はあるはずで、自慰行為の経験があっても不思議ではない。

何にしても、初めて目の当たりにする少女の反応に脳漿が煮え滾った。

全身に悪辣なパワーが漲り、フル勃起したペニスがジンジンと疼きまくる。頃合いと判断した賢介は唇をほどき、指のスライドに全神経を集中させた。

「ぷ、はぁぁぁっ！」

紗栄子が上体をバウンドさせ、視線が虚空をさまよう。

32

しっとり潤んだ瞳、半開きの口から洩れる熱い溜め息。腰を微かにくねらせる様子を見れば、快感に身悶えているとしか思えない。

賢介はさらに指を淫裂に深く押し当て、腕を大きく振ってピストンを加速させた。

「ひっ……や、やぁあぁぁっ」

紗栄子は金切り声をあげ、テーブルの縁《へり》を両手で摑む。そして顔をくしゃりと歪め、頰をリンゴのように真っ赤にさせた。

「あ、あ、あ……あぁンっ」

喘ぎ声に甘い媚《こ》びが含まれ、パンティの下からくちゅくちゅと淫らな擦過音が響きだす。胸を高鳴らせた賢介は、無意識のうちに言葉責めで少女の性感を煽った。

「何だ、この音は？　紗栄子のあそこから、聞こえてるみたいだけど」

「やっ、やっ」

自身の肉体に生じた現象を認めたくないのか、紗栄子は首を振って否定する。

「わかってるんだろ？　ふしだらなおつゆが溢《あふ》れていることは。ほうら、どんどん出てくるぞ」

不埒な指先は、すでに淫裂の狭間《はざま》から突きだした肉芽をしっかりとらえていた。

性体験のない少女にとっては、やはりクリトリスがいちばん感じるのだろう。

割れ目から滲みだした愛液を掬《すく》い取り、陰核に塗りつけてはあやし、はたまたこねまわす。

「先生は、すべて知ってるんだからな。紗栄子が、すごくエッチな女の子だということを。いつも、いやらしいことばかり考えてるんだろ！」

サディスティックな口調で責めたてた瞬間、しなやかな腰がくねりだした。

紗栄子はほっそりした顎を突きあげ、テーブルから浮かしたヒップをくるくると回転させる。

（ほ、本当かよ）

賢介は目をしばたたかせ、少女が見せる媚態をまじまじと観察した。

決して夢などではなく、彼女は確かに指の律動に合わせて下腹部をグラインドさせている。ひょっとして、すでに性体験を済ませているのではないか。

かわいい教え子が他の男の肉根を受けいれていたとしたら、大きな失望感を味わうことになるのだが……。

（い、いや！　そんなことはありえない！　きっとオナニーばかりしてるんだ！）

心が千々《ちぢ》に乱れたのも束の間、紗栄子がバージンか否かは、肌を合わせればすぐにわかることなのだ。

自慰行為で性感が発達しているのなら、このまま絶頂にまで導きたい。　賢介は抽送をトップスピードに上げ、すっかりしこり勃った肉豆を激しくいらった。

「あ、はあぁぁあぁっ！」

少女の顔が汗でぬらつき、甘酸っぱい体臭があたり一面に立ちこめる。ヒップの動きがより顕著になり、小高い胸の膨らみが忙しなく波打つ。

「スケベな女の子には、たっぷりお仕置きしてやらんとな！」

上ずった声で告げたとたん、紗栄子は身をアーチ状に反らし、全身を小刻みにわななかせた。

「あ、あ、あ……」

クリットに刺激をあたえつつ、瞬きもせずに様子をうかがう。

「あ、ふうぅっ！」

彼女は大きな吐息をこぼしたあと、ヒップをテーブルに落とし、うっとりした表情で目を閉じた。

（イ、イッたのか？）

疑惑の眼差しを向ける一方、股間の逸物が早くも脈動を開始する。昂奮に次ぐ昂奮から、下着の中は大量の先走りでヌルヌルの状態だった。

パンティから手を引き抜けば、愛液まみれの指先が照明の光を反射してテラテラと輝く。紗栄子は全身を痙攣《けいれん》させたまま、くの字に曲げた両足をテーブルの縁から投げだしていた。

この体勢なら、性交することは十分可能だ。

(や、やるんだ)

まなじりを決した賢介は逸《はや》る気持ちを抑えつつ、パンティのウエスト部に手を伸ばした。

4

(そのまま、余韻《よいん》に浸《ひた》っててくれよ)

賢介は紗栄子の様子をうかがいつつ、白地に青のボーダーが入った布地をそっと捲り下ろした。

乙女の秘肉は、どんな様相を呈《てい》しているのだろう。ムワッとした熱気が鼻腔を掠《かす》め、大いなる期待感に身が震える。

ふっくらした肉土手に続いて絹糸のような繊毛が目に入ると、ペニスが痛みを覚えるほど突っ張った。

(まばらに生えてて、地肌が透けてる)

きめの細かいなめらかな肌質は、これまで抱いてきた大人の女性とは明らかに違う。

賢介はわざと中心部から目線を外し、パンティを下ろす最中にクロッチを覗きこんだ。

(おおっ!?)

純白の裏地にはハート形のグレーのシミが刻印され、中央にはレモンイエローの縦筋が走っていた。周囲に付着した白いカビ状の粉は恥垢だろうか。

(こ、こんなに汚れるものなんだ)

異性の下着を目にしたことはあるが、これほど生々しいものは初めてだ。

おそらく学生時代に遊んできた女たちは、顔を合わせる前に新しいショーツに穿き替えていたのだろう。

紗栄子の場合は一日中穿きつづけ、しかも激しいダンスをしたあとなのだから、汚れがひどくなるのは当然のことなのかもしれない。

とびっきりの美少女でも下着を汚すという事実に、賢介は衝撃を受けるとともに胸をワクワクさせた。

このあとは、乙女の恥肉をいやというほど目に焼きつけるのだ。

(それだけじゃない。おマ×コにチ×ポをぶちこんで。くうっ、たまらん……おっと、パンティはおみやげにもらっておこう)

腰を落とし、足首から抜き取った布地をジャージのポケットに突っこむ。そして悪鬼の表情で顔を上げ、まっさらな膝に両手をあてがった。

(いよいよ……ご開帳だ)

美脚を左右にゆっくり広げ、らんらんとした目を股の付け根に注ぐ。

(お、おおっ!)

賢介は鼻の下を伸ばし、少女の恥芯を穴の開くほど見つめた。

貝の具さながら、肉びらが秘裂からはみだし、薄い肉帽子を被った愛らしい肉粒が顔をちょこんと覗かせている。狭隘《きょうあい》な穴から透明な淫液が滾々《こんこん》と溢れ、恥丘の膨らみから内腿にかけての肌がキラキラと濡れ光った。

女肉に色素沈着はいっさいなく、ベビーピンクの色艶が目に映《は》える。鼠蹊《そけい》部の皮膚は今にも張り裂けそうなほど薄く、パウダースノウのごとくなめらかだった。

美しい花園は、これまで肌を合わせてきた女性とは比較にならない。

(もぎたての桃みたい。肉づきはいいし、食べ頃寸前といった感じかな)

色めき立って顔を近づければ、三角州にこもっていた芳香がプンと香りたち、続いて乳酪臭が鼻腔粘膜にへばりつく。

(ん、むむっ!)

ダンスレッスンの直後、そして新陳代謝の激しい年頃だけに、恥部から放たれる匂いはかなり強烈だ。それでも女臭が鼻粘膜から大脳皮質に伝わると、交感神経が痺れ、腰の奥が甘ったるい感覚に包まれた。

「はあはあ、はあぁ」

目が血走り、鼻の穴を押っ広げる。

このまま、怒張をいたいけなつぼみに突きたてようか。

獰猛な性衝動に駆られたものの、大量の唾液が口の中に溜まり、牡の本能は新鮮果実を貪り味わいたいという欲求に傾いた。

間髪をいれずに肉土手にかぶりつき、スリットに沿って舌を跳ね躍らせる。

すぐさま酸味の強い味覚が口中に広がり、舌の先にショウガにも似た刺激がピリリと走った。

(あ、あぁ……俺、紗栄子のおマ×コを舐めてるんだっ!)

夢なら覚めるなと願いつつ、唇を窄《すぼ》めてジュルジュルと吸いたてる。

「ン、ンンっ」

下腹部の違和感に気がついたのだろう。紗栄子は目をうっすら開けるや、あっという悲鳴をあげた。

「い、いやっ」

両足が狭まり、強い力で頬を挟まれたが、決して怯まない。いちばん敏感な箇所に舌を押しつけ、微振動を与えてはくじりまわした。

「やめて、やめてください」

親にさえ見せられない秘園をさらけだし、匂いを嗅がれながら舐《ねぶ》られているのだから、身が裂かれそうな羞恥に襲われているに違いない。

「うっ、ひっ！」

クリットを集中的に攻めたてると、少女は奇妙な呻《うめ》き声を放つ。

「あ、あ、はっ、はあっ」

「ここかい？　紗栄子は、ここが気持ちいいんだね」

大股を広げさせ、尖った肉芽を舌先でピンピン弾けば、柳腰がひくつき、秘割れから透明な液体がツツッと滴《したた》った。

鼠蹊部の筋が浮き立ち、薄い皮膚が小刻みな痙攣《けいれん》を開始する。舌の動きに合わせて恥骨が上下に揺れだし、今や快感を享受《きょうじゅ》しているとしか思えない。

（やべっ、こっちも我慢できないよ）

紗栄子に悟られぬよう、賢介はジャージズボンと下着をゆっくり引き下ろした。

剛直が反動をつけて跳ねあがり、窮屈感が失せると同時に堪《こら》えきれぬ淫情が迸《ほとばし》る。

肉幹をそっと握れば、前触れ液のぬるりとした感触に続き、鉄の棒と化したペニスが熱い脈動を打った。

女肉を唾液まみれにしたあと、顔を離して身を起こし、まがまがしい逸物を腰のあいだに割り入れる。

「……あ」

紗栄子は怯えた表情で足を閉じようとするも、無駄な努力にしかならない。

賢介は怒張を進めつつ、ルビー色に輝くクリットを指先で弄《いじ》くりまわした。

「ンっ、ンっ！」

再び快感に見舞われたのか、少女が身を反らす隙を突き、宝冠部を恥蜜で濡れそぼつ割れ目に押しつける。

膣口は想像以上に狭く、果たして挿入は可能なのか。

不安が脳裏をよぎるも、今さらあとには引けず、賢介は意を決して臀部の筋肉を盛りあげた。

「あ、あ、あ……」

艶やかな陰唇が左右に開き、亀頭冠をしっぽり包みこむ。ねっとりした生温かい粘膜の感触に気が昂《たかぶ》るも、雁首はなかなか膣口をくぐり抜けない。

痛みが襲いかかったのか、紗栄子は眉間に皺を寄せ、必死の抵抗を試《こころ》みた。

「く、くうっ」

「紗栄子、身体の力を抜け！　それじゃ、痛いだけだぞ」

大きな声で指示を出しても、下腹部の筋肉は強ばったまま。賢介は仕方なく、またもやクリトリスを指先でいらった。

「は、ふうっ」

膣の入り口がわずかながらも緩み、ここぞとばかりに腰を繰りだす。雁首は何とかとば口を通過したものの、瞬時にして収縮した媚肉が怒張の行く手を塞いだ。

「ひぃうっ！」

「む、むうっ！」

膣内粘膜が先端を強烈に引き絞り、痛みさえ覚えるほどの感触に口をひん曲げる。

（むうっ、キ、キツい）

どうやら、紗栄子が処女であることは間違いなさそうだ。

性体験の少ない女性との経験は何度かあったが、バージンを相手にするのは初めてのことで、ましてや年端《としは》もいかない女の子だけに完全なる結合は不可能かと思えた。

(いや、ローティーンでバージンを喪失する子は、いくらだっているんだ。無理なんてことはない。絶対に、根元まで挿《い》れてやる!)

気合いを入れなおし、小さな息を吐いてから括約筋を引き締める。賢介は陰核に刺激を与えつつ、腰を慎重に突き進めていった。

「……つっ」

紗栄子が苦悶《くもん》の表情を浮かべ、涙をぽろぽろこぼす。

痛々しい姿に胸がチクリとしたが、悪逆なパワーは少しも衰《おとろ》えない。

時間をかけて男根を埋めこんでいくと、やがて恥骨同士がピタリと重なった。

(や、やった……ついに紗栄子の処女を奪ったんだ)

しばし感慨に耽《ふけ》ったものの、媚肉の締めつけは相変わらず強く、快感にはおよそ縁遠い。

「紗栄子、先生のチ×ポが、お前のおマ×コの中にずっぽり入ったぞ」

気丈な美少女は唇を噛みしめ、決して嗚咽《おえつ》を洩らさなかった。

身体は許しても、女としてのプライドは死守するといったところか。

（さすがはプロ意識が高いだけに、根性はあるよな）

選抜メンバーのリーダーには、まさにうってつけのタイプだ。頭の隅で思う一方、ただ結合したままでは埒があかない。

「ン、ふっ！」

試しに腰をゆったり引くと、粘着性の強い花蜜をまとった肉棒が姿を現した。

（あ、あれ？　血がついてないぞ）

紗栄子とペニスを交互に見やり、小首を傾《かし》げる。

彼女の様子を目にした限りではバージンとしか思えないのだが、賢介はすぐさま知人から聞いた話を思いだした。

激しいスポーツに従事している女性の中には、処女膜が破れ、初体験から快感を得られることがあるらしい。

（紗栄子はダンスがいちばんうまいし、ひょっとして同じケースなのかも。破瓜の痛みがないなら、こっちも気が楽だし……こりゃ、都合がいいぞ）

うまくリードすれば、クールな美少女の悶絶姿が見られるかもしれない。

賢介は右手の親指にたっぷりの唾液を含ませ、みたびクリットに刺激を吹きこんでいった。

「クリちゃん、こんなに大きくしちゃって。先生、すべて知ってるんだぞ。紗栄子が、オナニーばかりしてるの」

「く、くうっ」

かまをかけると、少女は顔を横に振り、恥ずかしげに頰を染める。

(おいおい、本当だったのかよ。どうりで、クリトリスを弄ったときに感じてたはずだ)

腰を一往復させれば、花蜜がにちゅりと淫らな音を奏《かな》で、高揚《こうよう》感が夏空の雲のごとく膨らんだ。

(慌てるな、慌てるな。様子を見ながら、ゆっくりだぞ)

すぐにでも怒濤《どとう》のピストンで膣肉を抉《えぐ》りたかったが、苦痛だけを与えてしまったのでは意味がない。

身の安全を保持するためにも、もう一度抱かれたいと思わせるほどの快楽を与えておかなければ……。

酒を無理やり飲ませ、ときにはクスリを使い、はたまたレイプまがいと、卑劣なやり方で多くの女性を我が物にしてきたが、事件化しなかったのは女の悦びを肉体に刻みこんだからだ。

テクニックとスタミナには自信がある。賢介はスローテンポのスライドを繰り返し、少女の性感を徐々に煽っていった。

彼女に特別な変化は見られず、顔を背《そむ》けたまま唇を噛みしめている。

(半月後、いや、一週間後にはひいひい言わせてやるからな)

やがて結合部からにちゅくちゅと、卑猥な肉擦れ音が洩れはじめた。

媚肉も心なしかこなれだし、抽送がスムーズになった気がする。

「……ンっ!?　ふうっ」

中ピッチのピストンに移行すると、紗栄子は鼻にかかった声をこぼし、腰をもどかしげに揺らした。

(おおっ、感じはじめてるのか!?)

オーバーアクションこそなかったものの、顔が首筋まで紅潮し、額に汗の皮膜がうっすら浮かぶ。

目はいまだに閉じたままだったが、このチャンスを逃す手はない。

賢介は上着の胸ポケットからスマホを撮りだし、動画モードで美少女との背徳的な交合を撮影した。

（この映像を盾に脅迫すれば、いやでも口を閉ざすしかないよな。できれば失神状態まで追いこみ、ＳＤカードも回収しておかないと）

紗栄子の姿態とペニスの抜き差しをスマホに収め、排泄シーンとは比較にならない脅迫材料にほくそ笑む。

（これくらいで十分か。このエロ動画があれば、怖いものなしだ）

停止ボタンを押し、スマホを内ポケットに戻して仕切りなおす。

軽やかな抽送ながらも、膣内の締めつけは相変わらず強烈で、肉棒を先端から根元までギューギューに引き絞っているのだ。

抜き差しを繰り返すたびに快感が上昇の一途をたどり、下腹部全体が心地いい浮遊感に包まれた。

「ふっ、ンっ、はっ、やぁぁぁぁっ」

美少女は糸を引くような声をあげ、眉尻を切なげに下げる。

「……あっ」

気合いを込めて腰を抱《かか》えあげると、小ぶりなヒップがテーブルから浮き、結合部が剝きだしになった。

まがまがしい肉の楔《くさび》が、いたいけなつぼみをぐっぽり刺し貫《つらぬ》いている。

紗栄子はテーブルに爪を立て、抗う姿勢を崩さなかったが、肉体の芯部で燻《くすぶ》る快楽のほむらを燃えあがらせるべく、賢介は腰を打ち振っていった。

「はっ、はっ、やっ、やぁぁっ！」

「何が、やなんだ？　気持ちいいんだろ？　もっと素直になれ！」

命令口調で乙女のプライドを突き崩し、続いて飴《あめ》を与えて女心をくすぐる。

「俺を信じろ！　言うことをちゃんと聞いてれば、絶対にアイドルにさせてやる。選抜メンバーのリーダー役も、お前がこなすんだぞ！」

「せ、先生」

「ん？」

「あ、あ、あ……」

「何だ、どうした？」

「い、いい」

消え入りそうな声ではあったが、五感を研ぎ澄ましていた康介の耳にははっきり届いた。

(感じてる！　肉体が、快感を認めはじめたんだ!!)

全身に新たなパワーが漲り、怒張が限界まで張りつめる。

射精欲求がレッドゾーンに飛びこみ、瞼の裏で白い光がチカチカと明滅《めいめつ》しだす。挿入してから五分も経っていないのに、少しでも気を緩めれば、あっという間に放出の瞬間を迎えてしまいそうだ。

新鮮なシチュエーションと媚肉の締めつけが、多大な肉悦を与えているのだろう。あまりの愉悦に律動のピッチを落とせず、それどころかピストンは荒々しさを増していく。恥骨同士が鈍い音を発してかち当たり、太腿がヒップをバチーンバチーンと打ち鳴らした。

あえかな腰がくねり、恥裂から小泡混じりの淫液がしとどに溢れだす。女肉は充血し、陰唇も今やすっかり捲れあがっている状態だ。

賢介は腰の回転率を上げ、怒濤のピストンで膣肉を穿《うが》っていった。

「ひっ、ぐっ！」

紗栄子は顔をくしゃりとたわめ、自ら恥骨を迫《せ》りあげる。

結合がより深くなり、亀頭の先端が子宮口を叩く感触がはっきり伝わった。

「ぬ、おおっ！」

「はっ、ひぃぃぃぃン」

ターボ全開とばかりに腰をしゃにむに振り、鋭い突きを何度も見舞う。

全身が火の玉と化し、粘っこい汗が顎からボタボタと滴り落ちた。

結合部から立ちのぼる熱気と媚臭にいざなわれ、久方ぶりの愉楽に心の底からどっぷり浸った。

下から腰をしゃくり、えらの張った雁首で膣天井を研磨《けんま》する。生きている実感を心の底から味わい、凄まじい高揚感に脳細胞が活性化した。

二発でも三発でもいけそうなエネルギーに促《うなが》され、雄々《おお》しい波動を膣の奥に絶え間なく送りこむ。

「ひっ、ひっ」

紗栄子は身をブリッジ状に反らし、内腿の柔肉を小刻みに痙攣させた。

今はもう、彼女が感じているかはわからない。生命の源を放つべく、渾身のピストンで膣肉をひたすら抉るばかりだ。

(あ、あ……イ、イキそうだ)

持続力には自信があり、何人もの女をヒイヒイ言わせたものだが、これ以上はとても耐えられない。賢介は大口を開け、裏返った声で放出の瞬間を訴えた。

「おおっ、イクっ、イクぞぉぉぉっ!」

「く、ふうぅぅっ」

蒸気機関車の駆動さながら腰を叩きつけ、男根を膣から引き抜く。赤黒く膨らんだ亀頭の先端から白濁液が一直線に噴出し、少女の顎から首筋まで跳ね飛んだ。

「……ンっ!?」

紗栄子は目を閉じたまま、身をビクンとひくつかせる。

欲望の排出は一度きりでは終わらず、合計八回の吐精を繰り返し、生白い下腹部を白濁に染めあげた。

「はあはあはあ、はぁぁあぁっ」

荒い息が止まらず、陶酔のうねりが筋肉ばかりか骨まで溶解《ようかい》させる。

紗栄子は身を強ばらせ、口を真一文字に結んでいた。

いたいけな恥肉はすっかりほころび、充血した花びらが完全に捲れあがっている。

(こんなものじゃ終わらせないぞ。俺から離れられなくなるまで、とことん仕込んでやるからな)

放出した直後にもかかわらず、少女を見据《みす》える目には早くも鈍い光が宿っていた。

第二章　禁断の淫らな個別面談

1

五月中旬、この日は朝から雨模様で、鉛色《なまり》の雲が空一面にたれこめていた。

紗栄子の処女を奪ってから、ひと月余り。盗撮事件が明るみに出ることはなく、ひとまず平穏な日々を過ごせている。

彼女とは定期的に肌を重ねており、口外する素振りは少しも感じられなかった。

バージンを奪ったあと、紗栄子は自らSDカードを差しだしたのだから、エロ動画で脅迫する必要もなく、かえって拍子抜けしてしまったほどだ。

彼女からしてみれば、選抜メンバー入りの確約は何よりも勝る魅力だったのかもしれない。それだけ、アイドルになりたいという気持ちが強いのだろう。

「最近は歌もダンスも、がんばってるみたいだな。リーダーとしての自覚や責任感も出てきたんじゃないか？」

「先生、オーディションのメンバー、私の他に誰を、何人選ぶつもりなんですか？」

「ううん、明日にでも伝えるつもりだったんだけど、実は来月の下旬に合宿をする予定でいるんだ」

「合宿ですか？」

「ああ。週末を利用しての一泊二日を考えてる。前の社長のときも、近場の施設で何度かやっただろ？」

「ええ」

「そこで、最終決定を下すつもりだ。人数は三人から五人を予定してるんだが……お前は参加するよな？」

「もちろんです。早く決めてくれたら、私のほうからその子たちに指導ができるんですけど……」

「なるほど、チームワークも大切だからな……おい、手が止まってるぞ」

「あ、はい」

レッスン後の事務所内、賢介は紗栄子を足元に跪《ひざまず》かせ、牡の肉を舐めしゃぶらせていた。

レクチャーどおり、少女は唇を窄めて、滴らせた唾液を反り返った肉筒にまぶしていく。そして小さな口を開き、丸々とした亀頭冠を呑みこんでいった。

「うむ、そうだ。なかなか筋がいいぞ。顔をゆっくり上下させて……舌で裏筋をペロペロ舐めるんだ」

少女の脳味噌は豆腐のように柔らかく、皆まで言わなくてもさまざまな性技を自分のものにしていく。媚肉はすっかりこなれ、最近ではいやよいやよと言いながらも自ら腰を使うまでになっていた。

「よし。立って、スカートをたくしあげろ」

紗栄子は怒張を口から抜き取り、言われるがまま立ちあがるも、顔を背けて頬を赤らめる。

「は、恥ずかしいです」

「恥ずかしいことなどあるものか。もう何度も見られてるだろ？」

賢介はニヤリと笑い、淫靡《いんび》な眼差しを下腹部に向けた。

「さあ、捲って」

少女は目を閉じ、プリーツスカートの裾をつまむ。ネイビーブルーの布地がゆっくりたくしあげられると、目をギラギラさせながら身を乗りだした。

「おおっ」

鼻から大きな息を吐き、ペニスが条件反射のごとく反り返る。紗栄子の股間を覆っているものは、えげつないピンクのTフロントショーツだった。

紐状の布地が割れ目にぴっちり食いこみ、すでに厚みを増した肉びらがはみでている。賢介はバレエのレッスンが始まる前にセクシーランジェリーを手渡し、身に着けておくよう指示したのだ。

(ふっ。甘酸っぱい匂いがぷんぷん匂ってくる。こりゃ、分泌してるのは汗ばかりじゃないな)

期待に身が震え、今にも口から涎(よだれ)がこぼれ落ちそうだった。

「後ろを向け」

ヒップを見られるほうがまだマシだと思ったのか、紗栄子はすぐさま身体を反転させる。引き締まった双臀(そうでん)は全体がツンと上を向き、剥き卵のようなツルツルの肌質が男の欲情を煽った。

なめらかな臀丘に手のひらをあてがえば、心地いい弾力感に目尻が下がる。

身を屈めてキスすると、紗栄子は腰を震わせ、やけに艶っぽい声を洩らした。

「あぁン、先生。だめぇ」

「エッチを覚えてから、ちょっと大きくなったんじゃないか？　女らしい身体つきになったぞ」

褒められてうれしかったのか、少女は身をよじってしなを作る。

「また前を向いて」

「え？」

「今度は足を開くんだ」

「そ、そんな……」

「先生の言うことが聞けないのか？」

ざらついた声でプレッシャーを与えるや、紗栄子はためらいがちに向きなおり、下唇をキュッと噛みしめた。

「こんなにぴっちりはまりこんで。いやらしい、なんていやらしいんだ」

「だって、それは先生が……」

「言い訳はいいから、早く足を開け」

少女は眉をハの字に下げ、すらりとした足を徐々に広げていく。

ぷっくり膨れた大陰唇は丸見えの状態で、みだりがましいことこのうえない。Tフロントを食いこませたまま、レッスンを受けていたのだから、さぞかしつらかったろう。

(いや、つらいというよりは、気持ちよかったのかな)

賢介はクスリと笑い、さっそくプライベートゾーンに右手を伸ばした。

「……あ」

「ん、何だ?」

「い、いえ、何でもありません」

ねめつけてから、腹部に近い股布をつまんで引っ張ると、細い布地はなおさら秘裂に食いこみ、充血しはじめたクリトリスと肉びらが微かに覗く。

股ぐらに渦巻いていた恥臭と熱気がムンムンと放たれ、牡の証《あかし》がフル勃起した。

「あ、あ、やっ、はぁぁ」

紗栄子はくぐもった吐息をこぼし、太腿と鼠蹊部をひくつかせる。さらにTフロントをツンツンと引けば、さも困惑げに腰をくねらせた。

「ん、どうした? ひょっとして、気持ちいいのか?」

「くっ」

瞳がしっとり潤んだところで指を下ろし、恥裂にはまりこんだ股布をそっと持ちあげる。

「おや？」

賢介は口角を上げ、上目遣いに彼女の顔を覗きこんだ。

「もう大きなシミができてるじゃないか。どうしたんだ、これは。ひょっとして、レッスンしてるときから濡らしてたのか？」

「そ、そんなこと……ありません」

「そうか？　どう見ても、今しがたできたシミじゃないけどな」

含み笑いを洩らし、クロッチを脇にずらして局部を剝きだしにさせる。そして指先を股ぐらにすべりこませ、緩やかな律動で肉の突起を掻きくじいた。

「あっ、やっ、やっ」

「ほうら、ちょっと触っただけでスケベ汁がどんどん溢れてくる」

「はっ、はっ、ふっ、ふうン」

くちゅ、にちゅんと猥音が鳴り響き、とろみがかった淫液が無尽蔵《むじんぞう》に垂れ滴る。

紗栄子はやや腰を引き、目はすでに焦点を失っていた。

熱い吐息を絶え間なく放つ様子を目にした限り、性感はすでにピークに達しているようだ。

腕のスライドを速めていけば、細やかな上体がマリオネットのごとく揺らぐ。

「ンっ、やっ、やぁあぁっ」

「や、じゃなく、もっとして、だろ？」

「は、ふわぁぁあっ」

股の付け根からは、すでに濁音混じりの擦過音が高らかに鳴り響いていた。

紗栄子の容貌が苦渋に歪み、日頃のクールなイメージは少しも見られない。

彼女が自ら求めてこないのは、プライドを守るための最後の砦なのかもしれない。

(気位の高い女を堕とすときほど、男冥利《みょうり》に尽きることはないからな。まあ、焦らなくても、従順な牝犬になるのは時間の問題だ)

賢介は手の動きを止めるや、ジャージズボンをトランクスごと引き下ろし、赤黒い肉棒を露出させた。

「さ、跨がれ」

「はあはあ、はあっ」

美少女はよろめきながら歩み寄り、自ら腰を跨ぐ。そして胴体に指を絡め、垂直に立たせた怒張めがけてヒップを沈めていった。

「あ、う、ふっ」

陰唇が左右に開き、亀頭冠をぱっくり挟みこむ。膣内粘膜がうねりくねり、男根を蜜壺の中に手繰《たぐ》り寄せる。

「あ、や、やぁぁあっ」

とろとろの媚肉が剛直をやんわり包みこみ、これまでにない快感電流が背筋を這いのぼるも、賢介の思考は早くも次のステージに飛んでいた。

禁断の果実を一度味わうと、収まりがつかなくなるという話は本当らしい。紗栄子だけではなく、莉奈、美蘭も性奴隷に仕立てたいという欲求に駆り立てられる。

(さて……どっちからにする?)

できればスクール生トップの美少女をいちばん最後に食したかったが、仮に美蘭で下手《へた》を打った場合、莉奈との情交はついえてしまうことになる。

(美蘭はスクール生の中でいちばん俺に懐いてるし、堕としやすいとは思うけど、凌辱となれば絶対はないはずだ。やっぱり、莉奈からいくのが妥当かな。ようし、しっかり計画を練っておかないと!)

賢介はペニスを根元まで埋めこむと、腰を突きあげ、渾身《こんしん》のグラインドで膣内粘膜を攪拌《かくはん》した。

「い、ひぃぃぃっ！」

紗栄子の容貌が莉奈に取って代わり、喘ぐ美少女の姿が脳内スクリーンに映しだされる。

肉筒を限界まで膨張させた賢介は、悪鬼の面《つら》構えから腰をガンガン突きたてた。

2

提下アクターズスクールは平日が午後四時から七時、土曜と日曜は午前十時から午後五時までをレッスン時間にあてている。

以前は無休だったのだが、一人では身が保《も》たず、仕方なく水曜だけ定休日にしたのである。

五月最終週の金曜日、思わぬチャンスが巡ってきた。

紗栄子が体調不良を理由に、レッスンを欠席したのだ。

（莉奈の凌辱は来週の水曜の予定だったけど、前倒しするか）

本音を言えば、定休日にスクール生を一人だけ呼びだすのは大きなリスクがあり、いまだに決心がつかなかった。

紗栄子に気づかれないように実行するのは大前提で、自分以外に手を出しているスクール生の存在を知れば、不愉快な気持ちになるだろうし、心変わりして盗撮の一件を告発する可能性もありうる。

多感な年頃だけに、どんな行動に打って出るか予想がつかないのだ。

(準備は整ってるし、紗栄子がいない今日のうちにやっちまったほうがいいかも)

壁時計の針は午後六時を回り、レッスン終了まで残り一時間を切っている。賢介は美少女を横目で追いつつ、檻の中の熊さながらスタジオ内をうろついた。

クラシック音楽の美しい調べに合わせ、純白のレオタードを着用した莉奈が片足を高々と上げる。

ふっくらした小判形の膨らみに胸が騒ぎ、全身の血がいやが上にも沸騰した。

(うっ、た、たまらねえ……ヒップも太腿も適度な肉がついて、肌なんか透きとおるように白いじゃないか)

すっかり獣欲モードに突入し、とても翌週まで待てそうにない。用を足しにいくのか、莉奈が出入り口に向かうと、賢介はハッとして立ち止まった。

(チャ、チャンスだ! もう、行くしかないだろ!)

神妙な面《おも》持ちであとを追い、スタジオを出たところで声をかける。

「莉奈、ちょっといいかな？」

「あ、はい」

「合宿、お前も参加でいいんだよな？」

「ええ、お願いします」

「わかった。それと……レッスン後の予定は入ってるのか？」

「……は？」

「明日はライブがあるし、今日は早めにレッスンを切りあげる予定なんだが、個別面談ができないかなと思ったんだ」

「個別面談……ですか？」

少女は小首を傾げ、きょとんとした顔でオウム返しする。これまで二、三名ほどを残しての実技指導はあったが、個人的な話し合いを持つのは初めてのことだ。

彼女の不審感を取り去るべく、賢介は含みを持たせた言い方で話を続けた。

「ほら、オーディションの選抜メンバーを誰にするか、いろいろと考えなきゃならない時期だろ？」

「……え」

餌をちらつかせると、莉奈は予想どおりに目を輝かせる。

「三十分ほどでいいんだがな。どうだろう？」

「ぜ、ぜひお願いします!!」

「それじゃ、レッスンが終わったあと、すぐに事務所へ来てくれるかな。あ、他の子には内緒だよ。今の段階で変に勘ぐられると、ちょっと面倒だから」

「わかりました！」

莉奈は満面の笑みをたたえ、ハキハキした口調で答えた。アイドルになりたいという情熱は、紗栄子に勝るとも劣らぬほど強いらしい。

「じゃ、あとでな」

「よろしくお願いします！」

言いたいことだけを告げ、踵《きびす》を返してスタジオに戻る。

(どうやら、疑われなかったみたいだ。やっぱり、まだまだ子供だな)

淫猥な笑みを浮かべると同時に、悪逆なエネルギーが総身を粟立たせる。

自分の意思とは無関係に、牡の証は早くも臨戦態勢を整えていた。

レッスンを三十分以上前に終了させた賢介は、事務所内の給湯室で美少女を凌辱するための準備を整えていた。

（ふう、これでいい……あとは、獲物が罠にかかるのを待つばかりだ）

事務所に戻り、肩を揺すって美少女の来訪を待ち受ける。やがてチャイムの音が鳴り響くと、賢介は身体の動きを止め、上ずった口調で答えた。

「は、はい！」

「莉奈です」

「ど、どうぞ」

「失礼します」

ドアの開閉音が響き、極度の緊張に頬が強ばる。莉奈はバッグを手に、応接室沿いの廊下からジャージの上着を羽織った格好で現れた。

レオタードは着用したまま、恥丘の膨らみとむちっとした太腿に股間の中心がズキンと疼く。

「ここに座って」

「はい」

事務机から回転椅子を引っ張りだして促すや、賢介は再び給湯室に向かった。

冷蔵庫から先ほど用意した水筒を取りだし、半透明の液体をコップに注ぎ入れる。

亡き母が服用していた睡眠薬を入れた特製のスポーツドリンクだ。

「レッスン直後で、喉が渇いただろ？」

コップを手に取って返すと、莉奈はバッグを床に置き、椅子にちょこんと腰かけていた。

生白い足が強烈なエロチシズムを放ち、すぐにでも押し倒して、乙女のいちばん大切なものを奪いたかった。

(慌てるな。慌てるなよ)

紗栄子のときとは違い、今回は緊急を要する状況ではないのだ。

真面目でおとなしい性格だけに、強引なやり方で迫れば大きなショックを受け、スクールを辞めてしまう可能性も考えられる。

(この子の両親はアイドルになることに反対してたらしいし、告げ口されたら、とんでもないことになる。慎重にやらないと)

コップをデスクの上に置いたところで、莉奈はしんみり呟《つぶや》いた。

「ちょっと……寂しいですね」

「え？」

「前は、事務所に来ると、すごく賑やかだったのに」

「あ、うん、そうだね」

事務所内には四つの机が二脚ずつ、向かい合わせのかたちで配置されている。社長の母は亡くなり、二人の指導者も退職してしまったため、確かに寂寥《せきりょう》感は否めない。少女は少女なりに、不安を感じているのだろう。賢介は作り笑いを返し、自信たっぷりに答えた。

「先生もがんばってるから、莉奈もついてきてくれ。君は、トップアイドルになれる素質を十分持ってるんだから」

「本当に……トップアイドルになれるでしょうか？」

「先生が太鼓判を押すよ！」

莉奈が小さく頷き、にっこり笑う。

賢介は愛くるしい少女を手中にするべく、さっそく餌を蒔《ま》いた。

「実はね、内密にしてほしいんだけど、アイドルオーディションの選抜メンバーを誰にするか、ある程度まで絞りこんでるんだ」

「その中に、私も入ってるんですか？」

「うん。今日、呼びだしたのは、来月の合宿までにもっと精進してほしかったからなんだ」

「う、うれしいです！　死ぬ気になって、がんばります!!」

「ははっ。死なれちゃったら、困るよ」

「私の他には、誰を考えてるんですか？」

「えっと、それは……」

「紗栄子先輩は当確として、あとは美蘭あたりが有力かな」

やはり、自分以外のメンバー候補は気になるらしい。莉奈は独り言のように呟き、身を乗りだして問いかけた。

「何人編成にするつもりなんですか？」

「うん、まあ……三人から五人あたりかな」

紗栄子のときとまったく同じ返答をする最中も、今は目の前の美少女を我がものにすることしか頭にない。

莉奈はなかなか飲み物に手をつけず、次第に焦燥《しょうそう》感に駆り立てられる。

よくよく考えてみれば、レッスン生は各自、ドリンクを持参しているのだ。

莉奈も練習後に水分補給したのか、バッグのサイドポケットからペットボトルの先端が覗いていた。

「おふくろ……いや、社長のこと、まだ覚えてる？」

「もちろんです！　いつも元気で溌剌《はつらつ》としてて、とても優しい人でした」

「そうだったね。ライブ当日にはスペシャルドリンクを作って、スクール生たちに配ってたっけ」

「ハチミツ入りですよね。おいしかった」

「その飲み物、社長が遺したメモを見て作ったんだよ」

「ホントですか!?」

「ああ、飲んでごらん」

莉奈はさっそくコップを手に取り、睡眠薬入りのドリンクをコクコクと飲み干していく。

「はあ……この味、この味です」

美少女は感嘆《かんたん》の溜め息を洩らし、白い歯をこぼした。

「明日のライブにも、持っていこうかと思ってるんだ」

「みんな、喜ぶと思います」

「そうそう、歌唱力とダンスのことなんだけど……」

わざとらしく技術的なアドバイスをしつつ、彼女の反応をチラチラうかがう。

三分、五分、莉奈の様子に変化は見られず、薬が効いているとは思えない。

(ひょっとして、睡眠薬の量が少なすぎたのか。でも下手に多くして、昏睡《こんすい》しちゃっ

たら困るし)

午後六時四十分になり、時間ばかりが気にかかる。

(この様子だと……次回に持ち越すべきかな。もっと、しっかり計画を練りなおしたほうがいいかも)

あきらめかけた刹那、莉奈の目がとろんとし、上体が前後に揺れだす。

「明日のライブ……一生懸命……がんばります……」

最後までいい終わらぬうちに、少女は前のめりに倒れこみ、賢介は華奢《きゃしゃ》な肩を両手で支えた。

(効いた。クスリが効いたんだ)

胸が妖《あや》しくざわつき、猛々《たけだけ》しい血流が股間に集中する。

賢介は莉奈のジャージを剝ぎ取り、マシュマロのような身体を事務机の上に寝そべらせた。

3

「はあはあ」

荒い息が止まらず、野獣の目つきに変わる。生唾を飲みこんだ賢介はレオタードのショルダーを外し、純白の布地を剝き下ろしていった。

「お、おおっ」

小振りな乳房が露《あらわ》になり、ピンク色の乳頭と乳暈《にゅううん》に破顔する。

成長途上の乳丘はまばゆいまでの可憐《かれん》さを誇り、触れただけで溶けてしまいそうな脆弱《ぜいじゃく》さを与えた。

レオタードの下にこもっていた体臭がふわんと漂い、ジャージズボンのフロントが大きな帆を張る。

(はあ……砂糖菓子みたいな匂い)

すぐにでもしゃぶりつきたかったが、肝心要《かなめ》の場所がまだ残っているのだ。

紗栄子のときと同様、賢介は乙女の中心部から視線を外し、布地を脱がすことだけに神経を集中させた。

(し、しめた……スポーツショーツは穿いてないぞ)

レオタードの股間は裏地付きで、クロッチに射抜くような視線を浴びせる。

ハート形の薄いシミが黄ばみとともにスタンプされ、顔を寄せて匂いを嗅げば、柑橘系に混じって潮の香りが鼻腔を燻《いぶ》し、怒張がひと際いななないた。

絶世の美少女も、淫らな分泌液をあそこから湧出《ゆうしゅつ》させるのだ。

息せき切って捲り下ろし、レオタードを足首から抜き取って全裸にさせる。

顔を上げれば、産毛《うぶげ》に近い栗毛色の繊毛に続き、Y字ラインの中心に刻まれた簡素な縦筋が目に飛びこんだ。

「はあふう、はあぁっ」

胸が甘く締めつけられ、昂奮のボルテージが最高潮に達する。

両膝に手をあてがった瞬間、下腹部に力が込められ、賢介は手を止めて様子をうかがった。

「ン……ンっ」

意識を失いながらも、違和感を覚えているのかもしれない。

(やっぱり……睡眠薬の量が少なかったんだな)

軽い寝息が洩れ聞こえたところで、両足を慎重に広げていく。

乙女の秘園が露になると、賢介は羞恥の源に突き刺すような視線を注いだ。

(り、莉奈のおマ×コだ！)

ふっくらした丘陵《きゅうりょう》は全体がベビーピンクに染まり、いたいけな割れ目が牡の淫情を臨界点に追いこむ。

（か、かわいい……なんて、かわいいおマ×コなんだ）

腹部から大陰唇にかけての肌は抜けるように白く、M字に開脚すれば、内腿の柔肉がババロアのごとく揺れ、微かに開いた綴じ目からコーラルピンクの内粘膜が顔を覗かせた。

（裏の花弁もかわいくて、こんなおマ×コなら、二時間でも三時間でも舐めつづけられるかも）

最高級のデザートを目《ま》の当たりにしたときの感激に似ているだろうか。

ジャージの上を脱ぎ捨て、ズボンを下着もろとも剝き下ろす。ビンと弾けでたペニスは赤黒く張りつめ、丸々としたグランスが照明の光を反射して照り輝いた。

身を起こして乙女の裸体をまじまじと見つめれば、あまりの神々《こうごう》しさに息を吞んでしまう。

（本当に……やるのか？　おマ×コの穴も、かなり狭そうだけど……）

紗栄子とでは年齢も体格も違ううえに、莉奈はほんの二カ月前まで小学生だったのだ。あまりの幼さと清らかさに決心が鈍り、あこぎな行動に移せない。

壁時計を見あげれば、本来のレッスン終了時間まで残り十五分を切っていた。

どう考えても、この短い時間で処女を奪い、快感まで与えることは不可能だった。

つい衝動的に計画を変更してしまったが、やはり最初から無理があったのだ。

とはいえ、裸体の眼福《がんぷく》にあずかるだけで満足するにはもったいなさすぎる。

(おマ×コをたっぷり舐めて、センズリで放出しよう)

独りよがりの欲望を排出したあと、陰部を清拭《せいしき》し、レオタードを着せておけば不審に思われることはないはずだ。

(安心感を与えて、これから呼びだしやすくしとけば……)

新たな凌辱計画を練りつつ、賢介は瑞々しい果実に貪りついていった。

(お、おおっ)

恥割れに舌を差しこみ、上下にスライドさせる。プルーンにも似た酸味が舌の上に広がり、クリームチーズを思わせる仄《ほの》かな媚臭が鼻から抜ける。

(莉奈のおマ×コ、おマ×コだ!)

交感神経が甘く痺れ、血湧き肉躍った。

指で膣口をダイヤモンド形に広げ、剝きだしにさせたゼリー状の内粘膜をベロベロ舐めまくった。

しっとり濡れた内壁の奥から濁った淫汁が滲みだし、じゅるじゅると啜りあげれば、頂点の肉粒がムクムクと頭をもたげる。クリットに狙いを定めて包皮を剝くと、桃色の小さな芽が顔をちょこんと覗かせた。

（おほぉぉっ！）

目を見開き、可憐な肉豆にかぶりついてチュッチュッと吸いたてる。同時に靴を脱ぎ、ズボンとトランクスを足首から抜き取った。

（ああ、やばい、挿れたくなってきた）

限界まで膨張したペニスは、熱い脈動を訴えつづける。

舌でスリットを執拗《しつよう》に掻きくじると、唾液とは明らかに違う成分の粘液がツツッと糸を引いた。

（ぬ、濡れてる？）

潜在意識で、性的な快感を得ているのだろうか。この状況なら、バージンを奪えるかもしれない。

（六時五十分……七時を少し回るぐらいなら、両親も不審には思わんだろ）

またもや予定を変更した賢介は腰を上げ、股の付け根に怒張を突きたてた。

「はあはあ、ふう」

あまりの昂奮に、心臓が口から飛びでそうになる。肉槍の穂先を秘裂にあてがい、臀部の筋肉を盛りあげる。

次の瞬間、莉奈の腰がピクリと震え、賢介の顔から血の気が失せた。

「う、うぅン」

少女は目をうっすら開け、ぼんやりした眼差しを向ける。

（や、やばい！）

彼女はレオタードを脱がされ、全裸のうえに大股を開いている状態なのだ。しかも相対する指導者は下半身を露出しているのだから、もはや言い訳のしようがない。

（やっぱり、睡眠薬の量が少なすぎたのか。どうすりゃいいんだ）

恐怖心が身を縛りつけ、指一本動かせない。最悪の結末を思い浮かべた賢介は、一瞬にして背筋を凍らせた。

「せ、先生？」

「あ、あ……」

「な、何を……してるんですか」

莉奈は自分の身体を見下ろしたあと、さも不思議そうに眉をひそめる。

「あたし……裸？」

彼女は取り乱すことなく、目はとろんとしたままだった。

（睡眠薬が効いて、朦朧《もうろう》としてるのか？）

暗闇の中にひと筋の光明を見いだし、失せかけていた野獣の血が滾りだす。

一か八か、賢介は穏やかな表情で口を開いた。

「これは、夢なんだよ」

「……夢？」

「そうだよ。全部、夢の中の出来事なんだ」

莉奈は小首を傾げ、虚《うつ》ろな視線を下方に向ける。そしていきり勃つ男根を目にするや、いぶかしげに眉根を寄せた。

「あ、いや……」

本能的に身の危険を感じたのか、足を閉じて腰をよじる。

この状況では、凌辱はいやでも中止するしかなかった。強引に挿入すれば、破瓜の痛みから正気に戻る可能性が高く、破滅を迎えるのは火を見るより明らかなのだ。

「大丈夫だよ。現実じゃないし、目が覚めたら忘れてるから。怖いことなんて、何もないんだよ」

安心感を与えてから左手を乳房に伸ばし、右手で太腿を優しく撫でまわす。

ピンク色の乳首を指腹でさわさわあやすと、莉奈は眉尻を下げ、やけに甘ったるい声を洩らした。

「あ……ンふうっ」

中学一年の女の子でも、ソフトな刺激なら、それなりの快感は得られるはず。都合のいい思いこみに己《おのれ》の進退を賭け、敏感な箇所をねちっこく弄《もてあそ》ぶ。やがて少女の頬が桜色に染まり、半開きの口から湿っぽい吐息が放たれた。

「はっ、ふっ、やっ、ンぅぅ」

「気持ちいいのかな？」

莉奈はその問いかけには答えず、腰をくねらせはじめる。

「あ、ンっ……こ、こんなエッチな夢、見るなんて」

「夢はね、深層心理を具現化したものなんだ。思春期を迎えて、心の奥底では男の人にこうされてみたいという願望があるということだよ」

屁理屈をこね、しこりだした乳頭をつまんでクリクリとこねまわす。

「ン、はぁあっ」

莉奈は顎をクンと上げ、まっさらな腹部を波打たせせた。

（このまま、何とかごまかせそうだぞ）

まがまがしい感情が脳裏を占め、恐怖心がすっかり消え失せる。とはいえ、荒れ狂う欲望はどう処理したらいいのか。

男根は一刻も早い放出を訴え、少女を絶頂に導いただけではとても満足できない。

（そ、そうだ）

あるアイデアを閃かせた賢介は頃合いを見はかり、右手をY字ラインの中心部にすべりこませた。

4

「あ……やっ」

莉奈は拒絶の言葉を放ったものの、すぐさま眉をくしゃりとたわめる。

もうひとつの性感帯である胸のポッチは十分な刺激を与えただけに、間違いなく身体に火はついているはずだ。

ピアニストさながらの指遣いで肉の突起を撫でまわすと、清廉《せいれん》な少女は身を反らして喘いだ。

「ふっ、はぁあっ」

「夢なんだから、気持ちよかったら、遠慮せずに声を出していいんだよ」

幸いにも、スリット上には愛蜜と唾液がへばりついている。指の動きは予想以上に軽やかで、ゆったりした抽送でも多大な快感を吹きこんでいるようだった。

「やっ、やぁっ」

「ここかな？　ここが気持ちいいんだね？」

「ひっ、くっ！」

クリトリスは紗栄子のモノより小粒で、自慰行為の経験はないのかもしれない。

にもかかわらず、これだけ派手な反応を見せているのだから、初めて体感する巨大な快楽に身も心も翻弄《ほんろう》されているとしか思えなかった。

美少女の悶絶シーンに、怒張がことさらしなる。睾丸の中の精液が火山活動を始め、射出口を何度もつつく。

(はあはあ……こっちも我慢できないかも)

鈴割れから大量のカウパーが溢れだすと、賢介は中指を立て、乳首と肉芽を同時にカリカリと爪弾いた。

「ンっ、ひぃぃ……!?」

瑞々しい肉体が、釣りあげられた魚のようにひくつく。

ついにエクスタシーに達したのか、麗《うるわ》しの美少女は目を閉じて脱力した。

(ようし、今だ！)

事務椅子に足をかけ、音を立てずにデスクに這いのぼる。莉奈の真横に跪いた賢介は彼女の手を取り、自身の股間に導いた。

ふっくらした指を肉幹に絡ませれば、青筋がはち切れんばかりに膨れあがる。

油断をすれば、すぐにでも放出へのカウントダウンが始まりそうな肉悦だ。

「く、くうっ」

必死の形相で射精欲求を先送りさせ、裸体の美少女を切なげに見下ろす。

小さな手に両手を被せ、ゆったりしたスライドで刺激を吹きこむと、腰部の奥が甘ったるい感覚に覆われた。

（あ、あ……気持ちいい）

このまま、牡のエキスを純白の肌にぶちまけようか。それとも、もっと淫らな行為で男子の本懐を遂げようか。

獣《けだもの》じみた欲望は尽きることなく、あらゆる痴戯が脳裏を掠め飛ぶ。

「う、ううン」

あまりの快美《かいび》に抽送を速めたとたん、莉奈が小さな呻き声をあげた。

手のひらの熱い感触に気づいたのか、再びぼんやりした眼差しを向けてくる。

「……あ」

「き、気持ちよかったかい?」

美少女がコクリと頷くと、賢介は破顔しながら腰を突きだした。

上から被せた手を外しても、彼女は怒張を握りしめたままだ。

勃起したペニスを目の当たりにし、好奇心に衝き動かされたのか、しなる肉筒を瞬

きもせずに見つめていた。

「勃起したチ×ポ見るの、初めてだろ。どんな感じ?」

「熱くて……大きいです」

「ただ触ってるだけじゃ、だめなんだよ」

軽く背中を押してやるも、莉奈は何の反応も示さない。

(ひょっとして、チ×ポをこすってザーメンが出る知識はないのかな)

賢介は股の付け根に手を伸ばし、少女の肉体にまたもや快感を吹きこんだ。

「あ……やっ」

悦楽のほむらは、まだ身体の芯部で燻っていたのだろう。莉奈はすぐさま腰をよじ

り、唇のあわいから艶っぽい声をこぼした。

「あ、はぁンっ」

「先生も気持ちよくさせてくれ」

82

猫撫で声で懇願すると、指が肉胴の表面をスライドしはじめ、巨大な官能電流が脊髄を突っ走る。

腰をブルッと震わせた賢介は、女肉を掻きくじる指の動きも速めた。

「あ、やっ、ンっ、はあっ」

「お、おぉっ、莉奈、そんなにチ×ポをこすったら、すぐにイッちゃうぞ」

彼女からすれば、秘園を襲う快楽から逃れようと、無意識のうちに手を動かしただけなのかもしれない。それでも結果的には多大な肉悦を受けることになり、射精願望は天井知らずに上昇していった。

「あ、あっ、せ、先生っ！」

少女の性感も高みに向かっているのか、ヒップがグラインドしだし、女の中心部からくちゅくちゅと卑猥な肉擦れ音が響き渡った。

「はっ、ふっ、はっ、はっ」

テンポの高い吐息が放たれ、手コキがみるみるピッチを上げていく。

鈴割れから溢れた先走りが指の隙間にすべりこみ、自身の下腹部からも卑猥な水音が鳴り響いた。

「自分からチ×ポを激しくしごくとは、何てスケベな女の子なんだ」

言葉責めで軽くなじると、莉奈は顔を真っ赤にし、ふだんより一オクターブも高い嬌声《きょうせい》を張りあげる。

「やっ、やっ、やぁあぁっ！」

「あ、ぐおっ」

莉奈は身をくねらせ、ペニスを手前に引っ張りざま、がむしゃらに胴体をしごきたてた。

腰が持っていかれ、怒張が愛くるしい顔立ちの真横でしなる。賢介の昂奮度数も、すでに臨界点まで達しているのだ。

（あ、や、やばい。このままイッちゃいそうだ）

嗄《しゃが》れた喘ぎ声が途切れなく口をつき、爆発寸前の性衝動を自制できない。下腹部全体が浮遊感に包まれる頃、賢介は負けじと女肉を掻きくじる指に力を込めた。

「ひ、ひぃぃンっ！」

恥骨が上下に振られ、小振りなヒップが小刻みにひくつく。

柔らかい指腹が雁首を強烈にこすりたてた瞬間、白い火花が頭の中で八方に飛び散った。

（あ、くっ、もうだめだぁ）

青筋が激しい脈を打ち、亀頭冠がブワッと膨らむ。睾丸の中の精液がうねり、激流と化して輸精管になだれこむ。

「おっ、おっ、おおっ！」

賢介は腰を痙攣させたあと、尿道口から大量の樹液をしぶかせた。

濃厚な一番搾りは可憐な容貌を飛び越え、自分のデスクに着弾する。二発目は桜色の唇を掠め、反対側の頬にへばりついた。

「ンっ、ふっ！」

莉奈は長い睫毛をピクンと震わせ、よほど驚いたのか、カチカチの肉棒を強く握りしめる。勢いが失せた三発、四発目は鈴口からどろりと射出され、少女は狂おしげな表情で口を引き結んだ。

「おふっ、おふっ」

頭の芯が真っ白になるほどの射精感に酔いしれ、無意識のうちに中指で肉芽を押しひしゃげさせる。

「ンっ、ンっ、ンぅぅっ」

莉奈は唇を閉じたまま、またもや恥骨を上下に打ち振った。

「はあはあはあっ」

荒い息が止まらず、玉のような汗が額から落ちてくる。

虚ろな目で見下ろすと、桜桃にも似たリップはイチゴミルクのような色艶を発し、白濁の雫《しずく》が唇のあわいから頬を伝って滴り落ちた。

(あぁ、が、顔面シャワーしちまった)

ここまで来たら、お掃除フェラをさせたかったが、想定外の事態に冷静さを取り戻す。壁時計を見あげれば、いつの間にか午後七時を回っており、慌ててデスクから下り立った賢介は、ペニスにへばりつく精液をウエットティッシュで拭き取った。

ジャージを引きあげたあとは再びティッシュを手にし、莉奈の唇と頬に付着したザーメンを拭い取っていく。

(や、やばいぞ……まさか顔射しちまうとは)

さすがにここまでの蛮行《ばんこう》に及んだのでは、意識はすっかり取り戻しているだろう。

恐るおそる様子をうかがうと、軽い寝息が耳朶《じだ》を打ち、賢介は惚《ほう》けた表情で幼げな顔を覗きこんだ。

「……莉奈?」

小さな声で呼びかけても、彼女は目を閉じたまま。絶頂を二度も味わった疲労感から、クスリが再び効きだしたのか。

（何にしても……眠りに落ちたなら、こんなに好都合な話はないよな）

賢介は安堵《あんど》の胸を撫で下ろし、今度は粘液にまみれた女芯を清めていった。

「机の上のザーメンも拭き取らないと」

デスクの下のくずかごは瞬《また》く間にティッシュで溢れ、あたり一面に栗の花の香りと酸味の強い恥臭が立ちこめる。

ふしだらな媚臭を嗅いだだけで、射精したばかりのペニスが回復の兆《きざ》しを見せた。

どうやら凶悪な肉の棍棒は、手筒の放出だけでは満足できないらしい。

（仕方ない……時間がないし、お楽しみは次にまわそう）

美少女とのとっかかりは、すでに摑んだのである。

計画をしっかり練りなおし、次回こそ処女の花を散らさなければ……。

あらゆる痴態を妄想した賢介は、またもや目を獣のごとく光らせた。

第三章　童顔巨乳娘のパイズリ特訓

1

翌日の土曜日、ライブハウスで定期公演が催され、賢介はスクール生の歌やダンスを観客席のいちばん後ろから見守った。

狭いハウス内はファンの熱気が充満し、野太い声援が割れんばかりに反響する。それでも母が生きていた頃に比べると、ファンの人数は確実に減っていた。

(まあ、仕方ないか……女の子もずいぶん辞めちゃったし。推《お》しのメンバーがいなくなったら、応援のしがいがないもんな)

経営者としての責任感は風前の灯火《ともしび》だったが、悪辣な性衝動は少しも怯まない。

三人の美少女を性奴隷に仕立てあげたところでスクールを閉鎖すれば、彼女らとの接点が切れることはないのだ。

昨日のレッスンを休んだ紗栄子は、舞台の右端で溌剌とした姿を見せている。

こちらは半分堕としたといっても過言ではなく、自分から離れられなくなるほどのさらなる肉悦を与えておかなければならない。

(オーディションの一次書類選考の発表は、七月末日だったよな。それまでに、残りの二人もメロメロにしておかないと。あと二カ月しかないし、のんびり構えてる暇はないぞ)

決意を秘めた賢介は、舞台の中央で踊る莉奈を舐めるように見つめた。

昨日の出来事が、脳裏にまざまざと甦《よみがえ》る。

手コキから射精したあと、身体に付着したザーメンを拭き取り、レオタードを着せて椅子に座らせた。そしてジャージの上着を羽織らせてから肩を揺すり、無理やり起こしたのである。

莉奈はあたりをキョロキョロ見まわし、ひたすら困惑の表情を浮かべていた。

いきなり寝だしたからびっくりしたと告げたものの、訝《いぶか》しむ彼女の様子を目にした限り、痴戯の数々は記憶の中に刻まれているとしか思えなかった。

果たして、夢の中の出来事だと思っているのか。それとも……。

(現実だと考えているなら、今日のライブには出てこないはずだし、今頃は大事《おおごと》になってるはずだ)

ライブ前に顔を合わせたとき、恥ずかしそうに目を背けたところを見ると、夢だったと思いたい気持ちのほうが勝っているのだろう。

やはり、処女を奪わない決断は正解だった。

破瓜の痛みが残っていたら、ごまかしはいっさい通じなかったはずだ。

(でも、動きづらくはなったよな。定休日に呼びだしをかければ、間違いなく警戒するはずだし……さて、どうしたものか)

凌辱計画を再び練りなおすなか、何気なく舞台の左端に視線を振った賢介は顔をしかめた。

美蘭の動作がやけに緩慢《かんまん》で、他のスクール生との動きがワンテンポずれている。声に伸びがなく、アイドルとして不可欠な笑顔も見られなかった。

(どうしたんだ？　どこか身体の調子が悪いのか？)

天真爛漫で明るい性格が売りだっただけに、まったくもって想定外のパフォーマンスだ。

結局、彼女の様子は、ライブ終了後のファンとのチェキ撮影やグッズの物販に移っても変わらぬまま。賢介は、盛んに首をひねるばかりだった。

このあと、話をじっくり聞かなければ……。

ライブハウスの支配人と簡単な打ち合わせを済ますや、賢介は早足に控え室へ向かった。

「おい、いいか？　入るぞ」

ノックし、断ってからドアを開ければ、部屋の中央に美蘭と紗栄子が向かい合うかたちで佇《たたず》んでいる。

リーダーとしての立場から事情を聞いていたのだろうが、俯《うつむ》く美蘭の姿は親から叱責を受けている子供のように見えた。

「ど、どうした？」

「ええ、ライブのときから様子がおかしかったので、話を聞いてたんですけど……」

紗栄子はもちろん、莉奈も他のレッスン生も普段着に着替えていたが、美蘭だけはフリフリのワンピース衣装を着用したままだ。

おそらく、控え室に戻ってからもボーッとしていたに違いなかった。

「何も話してくれないんです」

スクール生は怪訝そうに、莉奈は心配げに童顔の少女を見つめている。

「わかった。俺が話を聞くよ。君たちは、あがってくれ」

仲間内には知られたくない、何かしらの事情があるのかもしれない。

はっきりした口調で促すや、彼女らは首を傾げたまま出入り口に向かって歩きはじめた。

「紗栄子も。あとは任せてくれ」

「……はい」

紗栄子の肩を軽く叩き、莉奈には笑顔で目配せする。

「それじゃ、先生……お疲れさま」

「ああ、お疲れ」

二人の美少女が控え室から出ていくと、賢介は簡易椅子に腰かけ、鷹揚《おうよう》とした態度で問いかけた。

「どうしたんだ？　ダンスにはキレがなかったし、声も出てなかったけど、風邪でもひいたのか？」

美蘭は何も答えず、唇を噛みしめるも、この少女からは信頼されているという確信がある。だからこそ、凌辱はいちばん後まわしにしたのだ。

「先生と二人きりなら、話せるだろ？」

自信たっぷりに言い放った瞬間、涙の雫が床にぽたりと落ちた。

「お、おい……」

「私……スクールを辞めます」

「……え？」

耳を疑う返答に唖然とし、ようやくただ事ではないと認識する。

「辞めるって……急にどうしたんだ。昨日までは、そんな素振りは全然なかったじゃないか。家で、何かあったのかい？」

沈黙の時間が流れ、重苦しい雰囲気に居住《いず》まいを正せば、美蘭は閉じていた口をゆっくり開いた。

「……見ちゃったんです」

「は？」

「先生と……」

「え？」

声が小さくて聞き取れず、身を乗りだして耳を傾ける。

「莉奈が……事務所で……いやらしいことしてたのを」

予想外の言葉が鼓膜を突き刺し、賢介は頭をカナヅチで割られたようなショックに茫然自失《ぼうぜんじしつ》した。

2

(う、嘘だろ)

まさか、莉奈との淫らな行為を覗かれていたとは……。

事務所を入ると細い廊下があり、両サイドには応接室と洗面所が設置されている。

室内から出入り口付近は確認できず、音を立てずにドアを開ければ、誰かが入室してきてもわからない可能性は確かに否定できなかった。

単なる好奇心か、それとも女の直感から不審感を覚えたのか。美蘭は莉奈のあとをこっそりつけ、事務所内に忍びこんだのだ。

(あぁ……しまった)

扉の内鍵を閉めれば莉奈に怪しまれると思い、そのままにしておいたのがいけなかった。

全身の毛穴が開き、手のひらがじっとり汗ばむ。

（やっぱり、計画の急遽変更は無茶すぎたんだ。まずい、まずいぞ！　何としてでもごまかさないと！）

天然の美蘭なら、言い方次第で納得させられるかもしれない。

賢介は平静を装い、おっとりした口調で釈明した。

「誤解しないでくれよ。あれは、レッスンをしてただけなんだから」

「レッスン？　莉奈は裸だったし、先生だって……」

ジャージズボンと下着を脱ぎ、欲情の証を剝きだしにしていたのだ。

明らかにレッスンとはかけ離れた行為であり、破廉恥な光景を思い返しただけで身の毛がよだつ。

美蘭には最後まで目撃されたようだが、淫行を認めるわけにはいかない。

賢介は作り笑いを浮かべ、必死の弁明《べんめい》に走った。

「ホントに誤解なんだ。あれは単なる……」

「莉奈のこと、好きなんですか？」

「え？」

美蘭は顔を上げ、涙目で睨みつける。

（ま、まさか……）

この少女は自分に対し、親愛以上の感情を抱いていたのか。ライバルの莉奈に好きな男を取られ、嫉妬に駆られているのだとしたら……。

アイドルを目指す少女らは自意識が強く、おませな子も多い。

(まだはっきりしないけど、こうなったらそこに縋りつくしかないかも)

そう考えた賢介は椅子から立ちあがり、細い肩に手を添えた。

「スクール生はみんなかわいいし、もちろん莉奈のことは好きだよ」

美蘭が大粒の涙をぽろぽろこぼすなか、つぶらな瞳を見据える。

(か、かわいいなぁ)

今日はライブ開催日のため、彼女は薄化粧を施《ほどこ》している。

ツインテールの髪形、ブラウンベージュのアイシャドー、クリーミーピンクのルージュと、愛くるしさが際立ち、貪りつきたくなるほどの美少女ぶりを誇っていた。

よこしまな気持ちを抑え、優しい口調で言葉を重ねる。

「でも、それはあくまで教え子という意味での『好き』で、異性として意識してるわけじゃないんだ」

「レッスンって言いましたよね？　あんなの……何の役に立つんですか」

「それは、表現力をつけさせるためだよ。今のアイドルはただかわいいだけじゃだめだし、女らしさも必要だからね」

いくら世間知らずな少女でも、無茶苦茶な理屈が通るはずもない。美蘭は相変わらず尖った視線を投げかけ、賢介はここが勝負所と身を引き締めた。

「スクール生の中で、女の子として意識してるのは美蘭だけだよ」

「……嘘」

「嘘なんかじゃないよ。それが証拠に、莉奈とはキスもしてないし、一線だって越えてないんだから」

乙女の女肉をさんざん舐めまわし、顔面シャワーまでしたのだから、キスやセックス以前の問題だ。

いやな汗が背筋を伝うも、ここで怯むわけにはいかない。賢介は無理にでも微笑を浮かべ、ふっくらした唇にソフトな口づけを見舞った。

「……あ」

美蘭は目を丸くし、口元に手を添える。

「キスをするのは、本当に好きな子だけだよ。それにね……君には特別レッスンをするつもりでいたんだ」

「ど、どういう意味ですか？」

「内緒にしてくれよ。八月末のアイドルオーディション、美蘭も選抜メンバーに選ぶつもりでいるんだ」

「ホ、ホントですか？」

一転して目をきらめかせる反応は、莉奈や紗栄子のときと変わらない。

賢介は一気にたたみかけ、懸命の懐柔策に走った。

「ああ、今の時点で決めているのは、君と莉奈だけなんだ。昨日は彼女にそのことを伝えたわけだけど、美蘭の場合は同じレッスンというわけにはいかないよね。好きな女の子なんだから」

「あ、あの……」

他のスクール生と淫らな接点を結んでいたショック、全国区のアイドルになれるかもという期待感、指導者からの思わぬ愛の告白と、さまざまな感情が入れ乱れているのだろう。少女は困惑の表情に変わったが、賢介は再び唇を奪い、考えるいとまを与えなかった。

今度はソフトなキスではない。閉じた口を強引に割り開き、舌をすべりこませて口腔粘膜を舐めまわすディープキスだ。

「う、ンふっ」

とたんに美蘭は身体を引き攣《つ》らせ、鼻から甘ったるい吐息を放った。

(この子は、間違いなく俺のことが好きなんだ。このままなし崩し的に処女を奪っちまえば、言いなりになるんじゃないか)

莉奈との差別化を図るためには、次元の違う寵愛《ちょうあい》と快楽を与えなければならない。

キスをしながら胸に手のひらを被せれば、熱化した息が口中に吹きこまれた。

「く、ふぅうっ」

美蘭は不埒な手から逃れようと後ずさるも、身体を密着して離さず、壁際まで追いこむ。乳房の弾力が指を押し返した刹那、スラックスの中で縮こまっていたペニスが一瞬にして反り返った。

(お、おおっ! なんておっぱいだっ!!)

服の上からでも大きなバストは見て取れたが、手のひらに伝わる豊乳ぶりは想像以上だ。ベビーフェイスに巨乳は男の理想でもあり、アイドルとしては申し分ない魅力を持ち合わせている。

(やっぱり、この子も選抜メンバー確定だよな!)

賢介は頭の隅で思いつつ、量感をたっぷりたたえた胸をゆったり揉みしだいた。

「ン、ふっ、ふはぁあぁっ」

それなりに快感は得ているのか、美蘭は腰をよじり、目元をねっとり紅潮させる。舌を搦め捕り、甘やかな唾液をジュジュッと吸いたてれば、両の肩がビクンと震えた。

初めてのキスなのか、完全受け身の体勢ではあったが、こちらの動きに合わせて舌先がチロチロとくねりだす。

いつの間にか全身が熱く火照り、首筋から柑橘系の匂いが仄かに立ちのぼった。

（かなりの童顔だし、まだ子供だと思っていたけど、胸が大きいということは女性ホルモンが多くて早熟なのかも）

もっちりした乳房の感触は、大人の女性とほぼ変わらない。

さらなる卑猥な行為を仕掛けたら、どんな反応を見せてくれるのか。

胸を躍らせた賢介はさっそくワンピースの裾をたくしあげ、指先をプライベートゾーンに向かって突き進めた。

「……ンっ!?」

美蘭の眉間に皺が寄り、両足に力が込められる。それでも指はY字ラインの中心部に潜りこみ、パンティの船底に押し当てられた。

ほっこりした湿り気に浮かれるも、ライブで汗をたっぷり掻いたあとだけに性急な判断はできない。

賢介はクロッチの中心に中指の先をあてがい、クルクルと小さな円を描いて様子をうかがった。

「ンっ、ンっ、ンぅっ」

小さな息遣いが何度も繰り返され、ふっくらしたバストが大きく波打つ。

美蘭の穿くパンティはいわゆる見せパンで、普通の下着よりも生地が厚く、愛液が湧出しているのかわかりづらい。

(どうする？　裾から指を入れて、直接触ろうか)

逡巡《しゅんじゅん》した直後、強ばっていた身体から徐々に力が抜け落ちていった。

薄目を開けて確認すると、少女は壁に背を預け、目を閉じたまま佇んでいる。

絶頂に導いたという実感はないのだが、いかなることか。

唇をほどいて観察すれば、美蘭は唇を舌でそっとなぞりあげ、さも恥ずかしげに俯いた。

(き、気持ちいいんだ！　全神経が、快感に集中してるんだ!!)

喜悦《きえつ》が込みあげ、性欲のパワーが全身に漲る。

指をさらに押しこみ、回転率を上げていけば、粘っこい花蜜がパンティ越しにようやく滲みだした。

「キスをするのは、大好きな美蘭だけだよ。莉奈にはしなかった、お前だけの特別レッスンも控えてるんだからな」

またもや屁理屈を並べたて、自分だけは特別な存在という意識を植えつける。

「どうだ、いつもの自分と違う感覚だろ？　一流のアイドルになるためには、とっても大切なことなんだぞ」

彼女は押し黙ったまま、何も答えない。逃げだす素振りは見せず、ただ頬を真っ赤に染めるばかりだ。

やがて可憐な唇が微かに開き、熱い吐息が断続的に放たれた。

「はっ……はっ……はぁ」

「先生の特別レッスン、受けたいなら、今からでもいいぞ」

中指を上下にスライドさせ、ツンと突きでた敏感ポイントを探り当てる。集中的に攻めたてると、バストの起伏《きふく》がより際立ち、瞬く間に目がとろんとなった。

「はっ……せ、先生」

「ん、何だ？」

「あたし……あたし……ンっ!?」

クリットと思われる肉突起を力任せにこねあげた瞬間、美蘭は顎を突きあげ、腰をぶるっと震わせた。

さらには双眸《そうぼう》を固く閉じ、おさな子のように腕を鷲摑む。軽いアクメに達したのか、少女はうっとりした表情を浮かべた。

「……大丈夫か？」

女芯にソフトな刺激を与えつつ、しばし間を置いてから問いかける。

「は、はい」

よほど恥ずかしいのか、美蘭は顔を背け、気まずげに唇を噛みしめた。

腕を摑んだまま離さないのだから、もはや堕としたといってもいいのではないか。そう判断した賢介は耳元に口を寄せ、愛の言葉を甘く囁いた。

「美蘭、大好きだよ」

「……先生」

「お前だけの特別レッスン、受けるかい？」

頭の中は今は怒りや嫉妬より、性的好奇心に占められているらしい。

少女はためらいがちにコクリと頷き、男の分身が熱のこもった膨張物と化した。

「よしっ、今日のライブは声が出てなかったから、ボイストレーニングをしよう。すぐにスクールに戻るぞ！」

「あ……着替えないと」

「そのままでいい！　車を持ってくるから、ここで待っててくれ」

かわいい衣装に身を包み、メイクまでしているのだ。この恰好のまま欲望の限りを尽くし、背徳の関係を結びたい。

淫猥な感情が心の中で渦巻き、男の象徴が喜びに打ち震える。

虚ろな表情の美蘭を残し、賢介は控え室を脱兎《だっと》のごとく飛びだしていった。

3

ボイストレーニング室は、自社ビルの三階にある。

出入り口で美蘭を降ろした賢介はエントランス扉を開け、事務所の裏手にある駐車場に車を停めてから取って返した。

（ふう、一時は心臓が止まるかと思ったよ。でも……よかった。何とかなりそうじゃないか）

彼女へのアプローチ方法はまだ考えていなかっただけに、降って湧いたようなチャンスに頬が緩む。

今日は美蘭を手なずけ、近いうちに莉奈を自分のものにするのだ。

(今度は、誰にも気づかれないようにしないと)

賢介はエントランスを通り抜け、息せき切ってエレベーターに乗りこんだ。

昨日は手コキによる一度の放出だったため、欲望の塊《かたまり》は睾丸の中にたっぷり詰まっている。

三階に到着するや、ダッシュでボイストレーニング室に向かい、防音扉を開けば、美蘭はすでにグランドピアノの前で待ち受けていた。

「おう、お待たせ」

室内は十五畳ほどの広さで、隅には五人掛けのソファが置かれている。

上着とほどいたネクタイを背もたれにかけるあいだ、美蘭はピアノの前から一歩も動かず、こちらの様子をじっと見つめるばかりだった。

「どうした？　突っ立ったままで」

「だって、ボイストレーニングするんですよね？」

「……え？」

賢介はぽかんとしたあと、吹きだしそうになった。

本当にレッスンするつもりでいるのだから、純粋というか、やはり天然としか思えない。

もちろん、ボイストレーナーとしての能力などあろうはずがない。

ピアノは小学生時代に母から習っていたが、中学進学と同時にやめてしまったため、今はまったく弾けなくなってしまった。

ダンスやバレエは元指導員の見よう見まねで何とかこなしているが、ピアノを弾いての指導はさすがに無理があるため、外部からボイストレーナーを雇ったのだ。

「とにかく、こっちに来い」

「は、はい」

ゆったりした足取りで近づいてくる美蘭の顔は、明らかに緊張で強ばっていた。

控え室での破廉恥行為を考えれば、当然の反応だ。

(あのまま処女を奪いたかったけど、ライブハウスとの契約は二時から四時までだし、仕方ないよな)

壁時計を確認すれば、午後四時半を回っている。ライブのあとはミーティングや練習時間にあてる日もあり、昨日ほどの焦りはなかったが、さりとてのんびりしている余裕はない。

賢介はにこやかな表情を崩さぬまま、ソファの座位を軽く叩いて促した。

「さ、座って」

「は、はい」

美蘭はワンピースの裾を手で押さえ、足をぴったり閉じてから腰を下ろす。すべすべした太腿のフォルムが何とも悩ましい。

賢介はすぐさま彼女のとなりに腰かけ、小さな手に自身の手のひらを被せた。

早くも発汗しているのか、細い首筋からぬっくりした体臭がほんのり漂う。

ぽちゃっとした頬にキスすると、美蘭はカールした睫毛をピクリと震わせた。

「せ、先生、ボイストレーニングをするんじゃ……」

「ああ、そうだよ。このソファの上で、トレーニングするんだ」

「で、でも、こんなとこじゃ……あンっ」

バストに手を伸ばし、片乳を優しく揉みしだく。少女はすかさず眉尻を下げ、困惑の表情を浮かべた。

(ふふっ、すぐにいい声を出させてやるさ)

ボリューム溢れる乳丘を手のひらで練れば、頬が目に見えて赤らんでいく。

「だ、だめです」

「何が、だめなんだい？」

「だって、こんなとこで……」

「さっきだって、とんでもない場所だったぞ。それとも美蘭は、ライブハウスの控え室のほうがよかったのかな？」

「あ……ンふぅ」

バストの突端を指先で弾けば、美蘭は色っぽい吐息を放ち、イチゴ色の舌で上唇をスッと舐めあげた。

快楽の残り火は、肉体の芯部でいまだに燻っているに違いない。

性感を再び頂点に導くべく、乳頭に刺激を与えつづける。

賢介は彼女の様子を探りつつ、片方の手を太腿の上にすべらせた。

「……あ」

美蘭は怯えた視線を下腹部に向けるも、その場から動こうとしない。

戸惑いから足が竦んで動けないのか、それともその先の展開を期待しているのか。

ゆっくり撫でさすり、指先を股間に近づけていくと、少女の身体が小刻みに痙攣しはじめた。

（ああ、この泣きそうな表情が昂奮するんだよな）

今の彼女は、蜘蛛の巣にかかった羽虫と同じ。煮るなり焼くなり、自分の好きな調理法で食することができるのだ。

「足を広げてごらん」

「あ……やっ」

美蘭は足を閉じ、こちらの指示を拒否する。鼠蹊部を指先で軽くつつくたびに腰が引き攣り、その様子を見ているだけでも胸が高鳴った。

「先生のこと、好きなんだろ？　好きな人の言うことが聞けないのか？」

待ちきれずにバストから手を離し、両手でもちっとした足を強引に割り開く。

「あぁぁっ」

デリケートゾーンはワンピースの裾に隠れたままだったが、彼女は恥ずかしげに顔を背けた。

（ふふっ、ゆっくりと料理してやるぞ）

内腿沿いに人差し指を這わせれば、中心部に近づくごとに両足が狭まる。

「だめだぞ、足を閉じたら。レッスンできないからな」

賢介は強い口調で念を押し、股の付け根をさわさわとくすぐった。

「ン……くふぅ」

それなりの肉悦は得ているのか、下腹部の打ち震えが大きくなり、身体が徐々にずり下がる。

(快感を求めて、無意識のうちに恥骨を迫りだしてるんだ)

乙女の大切な箇所をわざと避け、指を逆側の内腿に這わすと、今度はヒップがビクンと弾んだ。

「あ、あ、あ……」

同じ手順を何度も繰り返し、少女の性感をのっぴきならぬ状況に追いつめていく。

両足が扇状に開くと同時に裾が捲れあがり、生白い太腿が剝きだしになった。

紺色の見せパンがさらけだされ、中心部にはすでに小さなシミが浮きでている。

「せ、先生……」

「どうした？　切なげな顔して」

とぼけたフリをし、美蘭の顔を注視すれば、媚びた眼差しがサディストの血を騒がせた。

身を裂かれそうな焦燥《しょうそう》感に、いたたまれぬ思いをしているのだろう。

「は、ふぅぅンっ」

敏感なVラインを指先でカリカリ引っ掻くと、少女はくぐもった吐息を洩らし、あえかな腰をくねらせた。

「気持ちのいいとこを、触ってほしいのか？　ようし、たっぷり弄ってやるぞ」

中心部に指を近づけながら告げるも、彼女は何も答えない。それでも期待している自分に嘘はつけないのか、来たるべき快感に備えて身構えた。

「ほら、あともうちょっとだ」

「あ、あ、あ……あ、はぁあぁぁっ！」

寸でのところで指先が卑猥なシミを飛び越えたとたん、美蘭はエンストした車さながら腰を揺すった。

「い、やぁあぁぁっ」

肩透かしを食らった少女は金切り声をあげ、涙目で身をよじる。

切羽詰まった反応を目にした限り、性感は臨界点まで達しているらしい。

さらに二度、三度と同じ手順を繰り返し、焦《じ》らしのテクニックで翻弄したあと、ようやくシミの上で中指をスライドさせた。

「はっ、はっ、はっ」

美蘭はリズミカルな吐息をスタッカートさせ、ヒップをクンと突きあげる。

「ふふっ、待ちに待ったご褒美だ」

「ン、はぁあぁぁっ」

指の抽送を速めた瞬間、細い声が室内に反響し、小さな手がソファの縁をがっちり摑んだ。

「ん、どうした……シミがどんどん大きくなってくるぞ」

「はっ、だめ、だめ」

「何が、だめなんだ。こんないやらしいとこを、先生に見せつけておいて。もっと、気持ちよくなりたいんだろ？」

「ち、違います」

「嘘を言っては、だめだぞ」

拒絶したくても、肉体は快感に抗えない。当惑の表情と恥じらう仕草が、牡の征服願望を満たしてくれるのだ。

（大人の女じゃ、こんな初々しい反応は見せてくれないもんな。いやよいやよと言いながら、すぐに腰を振ってくるし）

逸る気持ちを抑えつつ、次のステップに移る。賢介はソファから下り立ち、舌舐めずりしたあと、少女の両足のあいだに跪いた。

見せパンのウエストに手を添え、ゆっくり引き下ろしていく。

「……あ、やっ」

彼女は慌てて足を上げ、くの字に曲げて閉じたものの、かえって脱がせやすく、パンティはヒップのほうからくるんと剝かれた。

「……あっ」

「じっとしてろ」

「だ、だめです！」

「どうして、だめなんだ？」

「だって……恥ずかしいから」

「恥ずかしいことなんて、何もない。脱がなきゃ、お前だけの特別レッスンは受けられないんだぞ」

紺色の布地の裏側に、純白のコットン生地が見て取れる。彼女は、下着の上から見せパンを穿いていたのだ。

(愛液のシミは、二枚の布地を通して滲みだしていたのか)

目の前の少女は、今や身に生じた悦楽の虜《とりこ》と化している。さらに気分を高揚させた賢介は、しゃにむにパンティを引き下ろしていった。

(お、おうっ！)

クロッチの中心には目を疑うようなシミが広がり、半透明の淫液と排尿の跡や白い粉状の分泌物も付着していた。

「やっ、やっ」

使用済みの下着を異性に見られたくないのは、大人の女性も少女も同じだ。

美蘭は本気でいやがっているように思えたが、賢介は労せずしてパンティを足首から抜き取り、見せパンごとズボンのポケットにしまいこんだ。

「これは、先生が預かっとくからな」

呆然としている少女を尻目に、閉じていた両膝を割り広げていく。

「あっ、だめっ、だめです」

「特別レッスンは、大切なところをちゃんと見せてから始まるんだ」

美蘭は必死の抵抗を試みるが、男の腕力に敵うはずもない。

「やぁああっ」

やがてもっちりした太腿が左右に開き、チェリーピンクに染まった乙女のつぼみが余すことなくさらけだされた。

（お、おおっ！　パイパンだっ!!）

なめらかな肉の丘には、恥毛が一本も生えていなかった。

体毛が薄いせいなのか、それとも自分で剃り落としているのか。

いずれにしても、翳《かげ》りのない局部はやたら背徳的で、賢介に凄まじいエロチシズムを与えた。

色素沈着のない女芯はすでに溶け崩れ、亀裂から歪みのいっさいない花びらが申し訳程度にはみでている。クリトリスは薄い包皮を押しあげ、ヌラヌラと光る芯を誇らしげに芽吹かせていた。

こんもりした恥丘の膨らみを脇目も振らずに凝視し、喉をゴクンと鳴らす。

「や、やめてください……恥ずかしいです」

「だめだぞ、足に力を入れちゃ」

泣きそうな顔で足を狭めようとした刹那、賢介は右手を伸ばし、中指で愛のベルを優しく掻き鳴らした。

「は、ふっ！」

とたんに上体が、電流を流したかのようにビクビク震える。

またもや腰がずり落ち、美蘭は唇を噛みしめながら両手で身体を支えた。

「ここか、この入り口が感じるのか？」

「ンぅぅっ」

「それとも、こっちかな」

「……ひうっ！」

ツンと尖った肉芽を指先で弾き、上下左右にあやしてはコリコリとこねまわす。

今度はパンティの上からではなく、直接刺激を与えているのだ。

少女の目は瞬時にして焦点を失い、半開きの口から熱い吐息を忙しなく放った。

「はっ、はっ、はっ」

「悪い子だ、エッチな汁がたくさん溢れてきたぞ。気持ちいいのか？」

「や、やっ」

下腹部に力が入らないのか、両足はおっぴろげたまま。賢介は一歩前に進み、彼女の右足を肩に担いで、敏感な箇所をこれでもかと攻めたてた。

「先生が質問してるのに、どうして答えないんだ？　ちゃんと自己アピールできなきゃ、トップアイドルにはなれないぞ」

巨大な快楽に見舞われ、あまりの昂奮に息苦しいのだろう。美蘭は何度も喉を波打たせ、か細い声で胸の内を告げた。

「き、気持ち……いいです」

「よし、よく言えた！　ご褒美をやろう」

「あ……ひぃぃぃぃンっ!?」

クリットから指を離し、鼻息を荒らげて瑞々しい果実にかぶりつく。

美蘭は身を仰《の》け反らせ、ライブのときとは比較にならない美声を轟《とどろ》かせた。

4

「い、ひぃうっ」

唇を窄めて局部に吸いつき、花びらをチューチューと吸いたてる。

「むふっ、むふっ！」

乳酪臭が鼻から抜け、搾りたてのレモンのような酸味に舌が痺れた。

今日の美蘭は、ライブで汗をたっぷり掻いているのだ。体臭と恥臭が入り混じり、芳醇な香気と化して交感神経を蕩《とろ》かせる。

(ふおっ、美蘭のおマ×コもおいしいぞ)

三角州にこもっていた媚臭は蒸れまくり、牡の性本能をこれでもかと刺激した。

「やっ、やあぁっ」

右足を肩に担いだまま、左足をさらに外側に押しだして女芯を剝きだしにさせる。

女肉を舐りつつ、口中で陰核を甘噛みすると、美蘭はヒップをソファから浮かせてよがり泣いた。

「あ、やっ、やあぁあぁンっ」

「いやじゃなくて、気持ちいいだろ？　いやらしい汁、こんなに垂れ流して」

秘園から口を離し、指で再びクリトリスを弄くりまわす。

激しい吸引で恥裂はすっかりほころび、小振りな陰唇は早くも真っ赤に腫れあがっていた。

（やっぱり、この年頃の女の子はクリちゃんがいちばん感じるみたいだな）

膣道は口をぱっくり開き、とろみがかった濁り汁を滾々と溢れさせていたが、見るからに狭く、勃起した男根を受け入れられるとは思えない。

（あと一カ月遅く生まれてたら、まだ小学六年だし、一度イカせたあとに挿入したほうがいいかも）

快楽の余韻に浸ったところで衣服を脱がせ、巨乳も心ゆくまで拝みたい。

中指を押しつけてクリットをこねくりまわせば、美蘭は全身をガクガクとわななかせた。

ずり落ちる身体を支えきれないのか、もはやソファに寝そべっている状態になり、泣きそうな顔で下腹部を見つめている。

ベビーフェイスの美少女が大股を広げ、快楽に喘いでいるのだから、みだりがましいことこのうえない。

「あ、あ、あ……」

指先を回転させて肉芽をくじると、美蘭は目をしっとり潤ませ、小さな口を大きく開け放った。

「せ、先生……あ、あたし……」

「うん、いいんだぞ。気持ちよかったら、いつイッても。遠慮することないんだからな」

「く、くふうっ」

少女はやるせなさそうな声をあげたあと、身を大きくよじり、胸の膨らみを何度も波打たせせた。

そのまま双眸を閉じ、首筋に汗の皮膜をうっすらまとわせる。

(どうやら、イッたみたいだな。莉奈もそうだったけど、中学生の女の子でも、しっかりイケるんだ)

納得げに頷き、額に滲んだ汗を手の甲で拭《ぬぐ》ってから腰を上げる。

ワイシャツにインナー、ズボンにトランクスと、衣服をすべて脱ぎ捨てて全裸になれば、股間から突きでた牡の肉が隆々《りゅうりゅう》と聳《そび》え立った。

前触れ液を湧出させた亀頭、がっちりした肉傘、稲光を走らせたような静脈。おどろおどろしい剛槍が、一分一秒でも早い結合を訴える。

(もう少しの辛抱だぞ)

無理にでも自制心を働かせた賢介はソファに片膝を乗せ、陶酔状態の少女を優しく抱き起こした。

背中に手を回してファスナーを下ろし、紺色のワンピースを下ろしていく。

胸元から柑橘系の香りが立ちのぼり、パブロフの犬とばかりに怒張が下腹に張りついた。

(スポーツブラだ)

くっきりした胸の谷間が目をスパークし、今度は甘いミルクの芳香が鼻腔を掠める。たぷたぷした乳房の量感は、とても中一の女の子とは思えない。

賢介は美蘭をソファに寝かせたあと、ワンピースを足側から抜き取り、紺色のスポーツブラをずりあげた。

重たげな、それでいて張りのある乳丘がぷるんとまろびでる。

歪みのない丸々とした球体は、感嘆の溜め息をこぼすほど愛らしく、薄紅色の乳首と乳暈は莉奈や紗栄子に勝るとも劣らぬ可憐さだ。

乳丘を手のひらで下から掬いあげ、たぷたぷと振動させると、美蘭は鼻にかかった呻き声をあげた。

「う、ううン」

「おう、気がついたか」

「せ、先生……あ、やっ」

服を着ていないことに気づいたのだろう。しかも覆い被さる指導者も全裸なのだから、びっくりするのは当然のことだ。

「いよいよ、お前だけの特別レッスンを始めるぞ」

巨乳の美少女は不安げな、それでいて艶っぽい、何とも複雑な眼差しを向ける。

生乳をゆったり揉みしだくと、黒目がちの瞳は瞬く間に淫蕩《いんとう》な光を宿していった。

「あっ、ふうン」

さほどの力を込めずとも、指は乳肌にめりこみ、楕円に形を変えて手のひらからはみだした。

しっとりしたスフレのような感触に、心の底から酔いしれる。

これほどの豊乳にもかかわらず、重力に負けずに上を向いているのだから、若さというのは素晴らしい。

小粒な乳首を指で挟んで引き絞ると、美蘭はもどかしげに腰をくねらせた。

「気持ちいいか？」

「あ、あぁうぅンっ」

「乳首がピンピンにしこってるぞ」

賢介は身悶える少女に卑猥な笑みを送り、上体を起こして彼女の身体を跨いだ。

反動から剛直がしなり、少女がすかさず不安げな視線を向ける。

コチコチの肉棒を胸の谷間にすべりこませ、乳房を外側から寄せれば、美蘭の顔はみるみる唖然とした表情に変わった。

「あ、あ……」

中学一年の少女に、パイズリの知識はないらしい。賢介にしても、スクール生相手にマニアックな行為が可能だとは思ってもいなかった。

猛々しい男根は乳丘の狭間に埋もれ、亀頭冠だけがニョッキリ顔を出す。

(チ×ポが先走りでヌルヌルだ。これなら唾液の潤滑油もいらないな)

賢介は腰をゆったりスライドさせ、柔らかくて温かい乳肌の感触を堪能した。

（お、ふっ、き、気持ちいいっ）

少女の乳丘は、ふわふわしたスポンジケーキのごとし。きめの細かいしっとりした肌が胴体に隙間なく張りつき、多大なる快美を与えてくる。

軽やかなピストンを繰り返しつつ、両の親指で乳首をいらえば、美蘭は眉をハの字に下げ、ヒップをむつかるようにくねらせた。

女芯が疼くのか、さらなる快楽を求めているのか。

（パイズリのやり方も、しっかり仕込んでおかないと）

莉奈や紗栄子では叶えられないという点で、美蘭のポイントは高い。

もちもちの乳丘を段違いに揉みしだくと、きりもみ状の刺激が吹きこまれ、白濁の塊が射出口をノックした。

（あぁ、もう我慢できん！）

豊乳から手を離し、身体を後方に移動させる。両足を抱えあげ、宝冠部の先端を濡れそぼつ秘割れにあてがう。

美蘭は動揺の色を浮かべたが、さりとて口から拒絶の言葉は出てこない。

賢介は臀部にえくぼを作り、腰をグッと突き進めた。

「あ……くっ」

少女の頬が強ばり、目が固く閉じられる。秘裂は大量の愛液と唾液でぬめり返っており、今なら屹立を受けいれられるはずだ。

(紗栄子のときだって、うまくいったんだ。美蘭だって……)

ヌルリとした感触が切っ先を覆い尽くし、快感の微電流に背筋がゾクリとする。

対照的に美蘭は両足を硬直させ、同時に膣の入り口も狭まった。

「身体の力を抜いて」

「ひうっ」

美蘭が指示どおりに脱力した瞬間、雁首は膣口を通り抜けたが、処女膜らしき壁が男根の侵入を阻《はば》んだ。

(紗栄子のときはもっとスムーズだったけど、こいつは難儀かも)

かなりの痛みがあるのか、少女は歯を食いしばり、大粒の涙をはらはらこぼす。

「もう少し我慢してくれよ。お前だけの大切なレッスンなんだからな」

特別な存在なのだと、ことさら強調したところで、賢介は強引に腰を繰りだした。

「あ、つっ、い、痛い」

「辛抱しろ。いつかは、経験しなきゃならないことなんだ」

痛々しい姿が悲愴感を漂わせたが、今さらあとには引けない。

「や、やあぁぁっ」

肩を押さえつけ、無理やり牡の肉を埋めこんでいけば、やがて恥骨同士がピタリと重なり合った。

「ひっ、ひっ、ひっく」

「よく耐えたな。えらいぞ」

美蘭が嗚咽を洩らすなか、頭を撫で、身を屈めて頬にキスをする。

(膣の締めつけも、紗栄子以上だ。さあ、どうしたものか)

ペニスが食いちぎられそうな感覚に、賢介は困惑した。

激しい抽送を開始すれば、少女は破瓜の痛みから泣きじゃくり、セックスに大きなトラウマを持つ可能性がある。

通り魔的なレイプなら、己の欲望を発散するだけで事足りるが、性奴隷に仕立てあげるのが最終目的なのだ。

できることなら、多少なりとも快感を与えておきたい。

賢介は右手の親指をクリットに伸ばし、触れるか触れぬ程度の力加減で優しく撫でまわした。

「あ、ンっ」

やはり、陰核はいちばん感じるらしい。美蘭は熱い吐息を放ち、媚肉の収縮が心なしか緩む。

性感ポイントに刺激を与えつつ、腰をゆったり引けば、飴色の極太に赤い筋が絡みついていた。

「今は痛いかもしれないが、レッスンを受けるたびにどんどん気持ちよくなっていくからな」

「うっ、ふっ、ンうぅ」

さざ波ピストンを繰りだすたびに破瓜の血がペニスに絡みつき、スムーズ感とともに快感電流が走りだす。

(もしかすると、愛液も溢れだしてるのかも)

上目遣いに様子をうかがうなか、美蘭の表情にも変化が現れた。

喘ぎ声に吐息が混じり、ふくよかな胸が熱く息づく。結合部からにちゅくちゅと卑猥な肉擦れ音が洩れ聞こえ、膣内粘膜が徐々にこなれだす。

「はっ、やっ、ンっ、ふうっ」

さらには額と首筋が汗でぬらつき、エロチックな姿態にストッパーが弾け飛んだ。

無意識のうちに腰の律動が速度を増し、快感のボルテージがうなぎのぼりに上昇する。全身の血が沸騰し、睾丸の中の精液が乱泥流のごとくうねる。

「く、おおぉっ！」

「ひ、ひぃぃっ」

本格的な抽送が再び痛みを与えたのか、美蘭は悲鳴をあげて仰け反るも、腰の打ち振りは止まらない。

賢介は歯を剥きだし、肉の楔を砲弾のごとく撃ちこんでいった。

「ぬ、おおぉぉっ」

「やひっ、やはあぁぁあっ！」

「美蘭！　特別レッスンをするのは、お前だけなんだからな！　これからも、俺を信じてついてこい!!」

「せ、先生……」

巨乳少女は頬を涙で濡らしつつ、震える手を伸ばしてしがみつこうとする。

両足を抱えこんだまま前屈みになると、彼女は首に手を回し、同時に恥骨がクンと迫りあがった。

結合がより深くなり、粘膜を通して師弟の絆《きずな》をはっきり実感する。

賢介はラストスパートとばかりに腰をシェイクし、滾る牡の棍棒でいたいけな膣道を突きまくった。

「ひっ、くっ！」

「む、ふうぅぅっ!!」

膣襞が収縮し、剛槍をギューギューに引き絞る。脳裏がピンク色の靄《もや》に包まれ、白濁の溶岩流が輸精管になだれこむ。

「う、おおおおっ！」

「ン、はっ……!?」

宝冠部で子宮口をガツンと叩いた瞬間、腰部の奥がジーンと痺れ、思考回路が一瞬にしてショートした。

「ぐ、はっ！」

膣から鮮血にまみれた肉棒を抜き取り、ヌルヌルの胴体をしごきたてれば、おちょぼ口に開いた尿道から大量の樹液が迸った。

美蘭は唇の端を歪め、腰をよじって身を硬直させる。

「うおっ、うおぉぉっ！」

賢介は大口を開けて咆哮《ほうこう》し、白濁に染まる少女の下腹部を鬼の形相で見つめていた。

第四章　処女膜突破の特別レッスン

1

美蘭の処女を奪ってから十八日後。六月十七日、水曜日。

自宅マンションをあとにした賢介は、車で自社ビルに向かった。

スクールが定休日の今日、生徒らは一人もやってこない。

莉奈以外を除いては……。

合宿を翌週に控え、焦燥感に駆られた賢介は、ついに彼女へオーディションに向けての個別練習をしたいと打診したのである。

拒絶されたらという不安は杞憂《きゆう》に終わり、麗しの美少女は即座に了承してくれた。

選抜メンバーは合宿中に発表すると事前に伝えていたため、思うところがあったのかもしれない。

(何にしても、受けいれてくれたときはホッとしたよな。断られたら、どうしようかと思ったよ)

これまでは突発的な事態や予定変更という流ればかりで、どうしても綱渡りの感は否めなかった。

この日、莉奈の通う中学は創立記念日で、時間的な余裕はたっぷりある。これからの展開を思い浮かべただけで、ジーンズの中心がこんもり隆起した。

(それにしても、美蘭のバージンを奪ってからは忙しかったな)

照準を莉奈に絞ったにもかかわらず、紗栄子や美蘭もフォローしなければならないのだから、まさに神経をすり減らす日々を過ごしてきたのである。

二人の少女、特に美蘭は今や賢介を完全に異性として意識しており、レッスンの最中に熱い視線を向けたり、思わせぶりな態度を見せることが何度もあった。

そのたびに、他のレッスン生に気取《けど》られるのではないかとハラハラしたものだ。

賢介は莉奈、紗栄子、美蘭をそれぞれダンス、バレエ、演技の部に振り分け、自己練習を申しつけては三人のあいだを行ったり来たりした。

（莉奈を誘いだす決心はなかなかつかなかったし、精神的にかなりキツかったよな。肉体的な疲労は、全然ないんだけど……）

紗栄子や美蘭とは定期的に肌を合わせていたが、マスターベーションは控えているため、精力は申し分なく漲っている。

（あとは彼女たちを一日でも早く従順な性奴隷にしておかないと、こっちの身が保たないぞ）

車を駐車場に停め、気を引き締めて事務所に向かう。エントランスの扉を開放し、腕時計を確認すると、午後一時半になろうとしていた。

莉奈との約束の時間まで、あと三十分。さっそく、手ごめにするための準備を整えておかなければ……。

（あぁ、心臓がドキドキする）

逸る気持ちを少しでも抑えようと、賢介はエレベーターではなく、あえて階段を使って二階の事務所に向かった。

2

可憐な美少女は、約束の時間きっかりに現れた。

前回の一件があるだけに、頬が強ばり、さすがに緊張の色は隠せない様子だった。

「エントランスの扉は、閉めてきたか？」

「は、はい」

これで、外部からの侵入はありえない。賢介はひとまずホッとしたあと、もうひとつの懸念材料を尋ねた。

「家の人には、何て言って出てきたの？」

「あ、あの、オーディションに向けての特別レッスンがあるからって……」

「そう……じゃ、まずは応接室のほうで話そうか」

彼女の親に、二人だけで会うことは伝えていないらしい。すっかり安堵し、美少女の容姿を食い入るように見つめる。

薄桃色のカーディガン、白いブラウス、丈の短いフリルスカート。すぐにでも衣服を脱がし、瑞々しい裸体の眼福にあずかりたかったが、賢介はおくびにも出さずに応接室の扉を開け、十二畳ほどの室内に促した。

グレーの絨毯に重厚なソファセット、左サイドの壁際には大型テレビが設置されている。

もしものときに備えて窓は閉めきっており、テーブルの上には凌辱へのきっかけになるアイスティーのペットボトルと氷入りのグラスを用意していた。

「君のダンスのビデオを撮ってあるから、しっかりチェックしておこう」

「……え？」

「いろいろと気づいた点があるんだ。今のうちに修正しておこうと思ってね」

「あ、はい」

きょとんとした顔を目にした限り、また破廉恥な行為を受けるのではと考えていたようだ。不安が和《やわ》らいだのか、莉奈は胸に手を当て、ようやく相好《そうごう》を崩した。

従順ぶり度で見れば、今の時点で紗栄子は七割、美蘭は五割、莉奈は一割といったところか。

書類選考通過の通知がくる七月の末までに、何としてでも三人とも十割にさせなければ……。

「さ、ソファに座って」

「は、はい」

レッスン生ナンバーワンの美少女はバッグを床に置き、ソファにこわごわ座る。そして肩越しに振り返り、蚊が鳴くような声で問いかけた。

「あ、あの……私、本当にオーディションのメンバーになれるんですよね？」

「え？」

なるほど、莉奈が個人レッスンを了承したのは、そのことがいちばん気がかりだったからなのだ。

この三週間、密な接触はなかったため、彼女もヤキモキしていたのだろう。トップアイドルになりたいという情熱がこれほど強いとは、賢介はこのとき初めて知った。

「ああ、もちろんだよ。そのために、こうやって個人レッスンをするんだから」

「私……心配だったんです。選抜メンバーから、落とされるんじゃないかって。至らないところは、まだたくさんあるし」

ルックスだけなら、頂点を目指せる可能性は十分ある。ただ歌とダンスに関しては、本人も物足りないと感じていたらしい。

（何だよ……これだったら、もっと早く誘いをかければよかったな）

何はともあれ、賢介はガラステーブルの上に置かれたリモコンを手に取り、大型テレビとDVDレコーダーのスイッチをオンにした。

「DVDはもうセッティングしてあるんだ。二人でチェックしていこう」

「わかりました」

真顔で告げると、彼女の口元から笑みが消え、真剣な表情で身を乗りだす。

テレビ画面に映しだされた映像は、昨日のダンスレッスン時を撮影したもので、軽快なヒップホップをBGMに、十人ほどのレッスン生がしなやかな肉体を躍動させていた。カメラアングルは、もちろん莉奈を中心にフォーカスしたものだ。

「どうだ？　ライブでは気づきにくいけど、激しいダンスのときはキレが悪くなってるのがよくわかるだろ？」

彼女の背後に回り、立ったまま、もっともらしい指摘で不安感を取り除いていく。

そもそも彼女に伝えた欠点は、退社したダンストレーナーから渡されたスクール生の資料に基づいた情報なのだ。

「表現力という点では、まだまだ努力が必要だな」

莉奈はコクリと頷き、脇目も振らずにテレビ画面を見つめ、賢介はさりげなくふたつのグラスにアイスティーを注いだ。

「おい、喉が渇いただろ」

「……え？」

少女は振り向くや、とたんに顔を曇らせる。前回のスポーツドリンクには睡眠薬を混入させていたのだから、疑念を抱くのは当然のことだ。

賢介はアイスティーを一気飲みし、これ見よがしに安心感を与えた。

「さあ、飲め」

「は、はい」

莉奈はグラスを手にし、ひと口だけ飲んでから再び画面を注視する。

細いうなじを目にしているだけで、ムラムラした気持ちが頂点に達した。

今すぐにでもしゃぶりつき、柔らかそうな耳たぶや首筋を舐めまわしたかった。

欲望の血流が下腹部に集中しだし、獰猛な感情が脳裏を支配する。

「このあとは、先週のライブ映像も入ってるからな」

賢介は腕時計を確認しつつ、退室する頃合いを見計らった。

(そろそろかな)

落ち着きなく肩を揺すり、やや上ずった口調で声をかける。

「莉奈……先生、電話をかける用があるから、しばらく一人でチェックしててくれないか」

「あ、は、はい」

応接室をあとにし、足早に事務所へ向かう。賢介はジャケットを椅子の背もたれにかけ、ノートパソコンを開いてスリープ状態を解除させた。

(ふふっ、映ってる映ってる映ってる)

応接室の窓の桟《さん》には隠しカメラを設置しており、莉奈の姿とテレビ画面をほぼ真横から映しだしていた。

(ようし、アングルもバッチリだな)

壁時計で時間を確認すれば、ズボンの中の肉茎が期待感に打ち震える。莉奈がアイスティーを飲み干すと、賢介は心の中でガッツポーズを作った。

(計画どおりの展開じゃないか)

手に汗握り、その瞬間を今か今かと待ちわびる。やがて、テレビ画面を見つめていた少女の顔色が変わった。

(おっ、来たか!?)

彼女はみるみる目を丸くし、口元を両手で覆う。

ダンスレッスンのＤＶＤは、途中からポルノビデオに切り替わるよう、編集したものだった。

もちろん、ボカシがいっさい入っていない無修正のハードコアだ。

ニヤつきながら目を凝《こ》らすと、テレビ画面に逞《たくま》しい男性器が大写しになり、いかにも妖艶な女性がシックスナインの体勢から怒張を咥《くわ》えこもうとしている最中だった。

上下の唇が極太の肉棒を挟みこみ、口唇の端から小泡混じりの唾液が溢れだす。

ビデオの中の女は巨根を根元まで呑みこんだあと、しょっぱなからのフルスロットルで首を上下に打ち振っていった。

凄まじい吸茎音がスピーカーから洩れ聞こえ、怒張がテラテラと妖しく照り輝いていく。

(くくっ、固まってる)

あまりの衝撃に身が竦んでいるのか、莉奈は微動だにせず、その場から逃げだそうともしなかった。

ぱっちりした目を見開いたまま、過激なエロシーンを呆然と見つめるばかりだ。

場面が切り替わり、今度はナメクジのような舌が女の秘園を舐めまわした。

発達した陰唇、ズル剝けのクリトリス。淫裂から大量の花蜜をまとった内粘膜が覗き、鮮やかな深紅色のテカリが性欲本能を大いに煽った。

全身の血が煮え滾り、心臓がドキドキと拍動しだす。ペニスが瞬時にしてパワーチャージし、ズボンの布地が張り裂けそうなほど張りつめる。

堪えきれない情欲の嵐は、少女がエロビデオを鑑賞するシチュエーションに昂奮したという理由だけではない。

先ほど飲んだアイスティーの中には、強力な催淫剤がたっぷり入っていたのだ。

身体がカッカッと火照り、堪えきれない性欲が股間の中心で吹き荒れる。

(きっと、莉奈も俺と同じ状態に違いないんだ)

ひたすら観察するなか、美少女は唇のあわいで舌を物欲しげにすべらせた。

よく見ると、腰も微かにくねらせている。

性的な昂奮から、あそこがムズムズするのかもしれない。両手を股のあいだに差し入れ、白い喉を何度も波打たせた。

女が騎乗位の体勢から、剛直を膣の中に招き入れる。ビデオ内のカメラのレンズは後方から二人の姿を捉《とら》えており、恥部は丸見えの状態だ。

たわわなヒップが沈みこむや、肉厚の陰唇がO状に開き、巨根をぐっぽり呑みこんでいった。

女の背中が白蛇のようにうねり、高らかな嬌声が響き渡る。男は下から腰をガンガン突きあげ、しなる肉胴はあっという間に淫蜜でぬめり返った。

男と女の媚態が、テレビの大画面越しに圧倒的な迫力で迫りくる。賢介のペニスも脈動を繰り返し、パンツの裏地は早くも先走りの液で溢れかえっていた。

股間を手で押さえこんでも、疼きは少しも収まらない。

(だ、だめだ……やりたくてやりたくて、脳みそが爆発しそうだ!)

賢介は椅子から立ちあがり、そぞろ足で応接室に戻った。

(はあはあ、莉奈と……莉奈とやるんだ!)

荒い息を吐き、音を立てぬようにドアノブを回して扉を開ける。

とたんに、女の金切り声と卑猥な抽送音が鼓膜に届いた。

(うはっ、いちばん激しいエロシーンじゃないか)

薄ら笑いを浮かべ、今度は忍び足でゆっくり近づいていく。

莉奈は背を向け、こちらの存在に気づくことなくテレビ画面を凝視していた。

ぬっくりした発情臭がふわりと漂い、股間の逸物がことさらひりつく。

いきなり声をかけたら、心臓麻痺を起こしてしまうのではないか。不安が頭を掠めるも、少女の驚嘆した顔を想像しただけで喜悦が込みあげる。

ソファを回りこみ、背中からそっと抱きつくと、細い肩がビクッと震えた。

「……あ」

「すまんな。まさかエロビデオが入ってるとは……とんでもない失態だな」

莉奈はようやく画面から目を外し、顔を真っ赤にして俯く。よほど恥ずかしいのか、拒絶もせずに身を縮ませた。

「この際だから、しっかり観といたらどうだ？　これから、クライマックスのシーンだからな」

扇情的《せんじょう》な絡みは佳境《かきょう》に入り、女がどっしりしたヒップを目にも止まらぬ速さで打ち下ろす。ぐっちゅぐっちゅと、結合部から濁音混じりの破裂音が鳴り響き、牡と牝の淫臭と熱気が画面越しに伝わってくるような迫力だった。

「あぁあぁぁっ！　いやっ、イクっ、イッちゃう！」

「む、むう、俺もイキそうだ！」

男の顔がくしゃっと歪み、筋張った太腿の筋肉がぷるぷる震える。

「さ、観てごらん。これが大人の男と女のセックスだよ」

賢介は耳元で囁き、背後から手を伸ばして形のいい顎を上に向けた。

莉奈は顔を背けることなく、好奇の眼差しをテレビ画面に真っすぐ注ぐ。

「あ、あ……」

少女は掠れた声をあげ、唇の狭間から熱い吐息を放った。

ソファに片膝をつき、バストに手を這わせても何の反応も示さない。賢介自身も画面をチラチラ見ながら、もう片方の手を下腹部にゆっくり伸ばした。

「ああぁっ！　イクっ、イッちゃう!!」

「俺もイクぞぉっ！」

女が腰を上げ、愛液まみれの膣から怒張を引き抜く。そして男の足のあいだに身体を移動させ、赤黒く膨張した肉棒をしごきまくった。

「うおおっ！　うおおぉぉぉっ!!」

男は身悶え、慟哭《どうこく》に近い雄叫《おたけ》びをあげる。

獣のようなまぐわいに、莉奈はひたすら息を呑み、スカートの下に手を忍ばせても指一本動かさなかった。

(うはっ、熱気がムンムンこもってる)

内腿沿いに、中心部に向かって指をそろりそろりと這わせていく。

「イックぅぅっ！」

男のペニスがドクンと脈動し、赤い唇が怒張に寄せられた直後、鈴割れからおびただしい量の樹液が迸った。

濃厚なザーメンが白い尾を引き、女の口元から頬を打ちつける。ビュンビュンと跳ね飛ぶ射精シーンは、男の目から見ても迫力満点だ。

女は放出を繰り返す剛直を左右の頬にこすりつけ、真上からがっぽり咥えこんでいった。

莉奈に、お掃除フェラの知識はなかったのかもしれない。目をこれ以上ないというほど見開き、もはや驚きを通り越して茫然自失していた。

(度肝《どぎも》を抜かれてるうちに……)

無骨な指先が、股の付け根に近い内腿に達する。そのままクロッチの中心に指をすべらせようとした刹那、少女はさすがにスカートの上から手を押さえこんだ。

「あ……だめです」

拒絶の言葉を無視して指先を伸ばせば、コットン生地の柔らかい感触を捉える。

次の瞬間、賢介は総身が粟立つほどの喜びに破顔した。

3

(ぬ、濡れてる！　しかも、グショグショじゃないか!!)

秘裂から湧出した愛液は布地にたっぷり染みこみ、軽く押しただけでも指先に絡みつく。

美少女は過激なエロビデオを鑑賞しながら、あそこを濡らしていたのだ。

催淫剤の効果も、多大な影響を与えたのだろう。性欲を爆発させた賢介は、さっそく卑猥な言葉でなじった。

「すごいぞ。パンティ、大変なことになってるじゃないか」

「……くっ」

莉奈は目を伏《ふ》せ、切なげに唇を噛みしめる。身が裂けそうな羞恥にまみれているのか、頬が目に見えて紅潮していった。

「さ、手をどけて」

「いや……です」

「もっと素直になれ。身体の変化は、自分でもよくわかってんだろ」

両足が狭まり、内腿に手を挟まれるも、指はすでにクロッチに届いているのだ。

スリット上をさわさわ撫でただけで、莉奈は甘い声音《こわね》をこぼし、腰を微かにくねらせた。

「あ……ンっ」

「おぉ、ずいぶん色っぽい声を出すじゃないか。ここか、ここがいいんだな」

「はっ、はっ、せ、先生」

ペニスが芯から疼きまくり、性感覚を剝きだしにされたかのような感覚に陥《おちい》る。おそらく乙女の性器も同様の状況にあり、さらなる快感を欲しているのは間違いないのだ。クリトリスにあたりをつけてこねくりまわせば、莉奈は苦悶の表情で身をよじった。

「あ、ンふうっ」

快楽から気を逸《そ》らそうとしているのか、彼女は全身に力を込めるも、かまわず指を跳ね躍らせ、強引に快美を吹きこんでいく。

「先生の指、エッチな汁でグチョグチョだぞ。なんていやらしい女の子なんだ！」

真面目でおとなしい少女は、もともとマゾっ気があるのかもしれない。言葉責めを繰りだすたびに腰が引き攣り、愛液の湧出もより顕著になる。

肉悦を享受しはじめたのか、いつしか下腹部から力が抜け落ち、膝も拳ひとつぶん開いていた。

「こうされることを、期待してたんだな？」

「ふっ、はっ、そ、そんなこと……」

「もっとやらしいこと、してほしいんだろ！」

「あ、や、はあぁぁあっ」

莉奈は片膝を上げて身を反らし、賢介は背中を左手で支えつつ、右腕を派手に振りたくった。

丈の短いスカートが捲れあがり、露になった純白のコットン生地に目が血走る。

（おおっ！）

フロントの上部にレースのフリルをあしらったパンティはいかにも下ろしたてで、少女の微妙な心理状態を如実《にょじつ》に表していた。

彼女はもしもの場合を想定し、あえてオシャレな下着を身に着けてきたのだ。

性欲本能を揺り動かされ、大量のアドレナリンが脳幹を刺激する。賢介は歯を剝きだし、パンティ越しのクリットを執拗に掻きくじった。

「やっ、やっ」

「ふふっ、クリちゃんが突きでてきたぞ」

「ひぃ、やあぁ……ンふっ!?」

顔を上げたところで唇を奪い、布地の裾から指を忍ばせると、粘っこい淫液がぬちゃっという音を響かせた。

指腹を往復させるたびに、花蜜が汲《く》めども尽きぬ泉のごとく溢れだす。

（すごい……おマ×コがヌルヌルだ）

熱い息が口中に吹きこまれ、小高いバストが途切れなく波打った。舌を重ねれば、少女は自ら積極的に搦め捕り、唾液をジュッジュッと啜りあげた。

肉の突起に指をあてがい、微振動を与えたところで腰がビクンとひくつく。

「ンっ、ンっ、ンっ！」

鼻から抜ける切迫《せっぱく》した吐息は、エクスタシー寸前を訴えているとしか思えない。さらに抽送のピッチを上げると、背中が弓なりに反った。

「ンふぅ、ふンぅぅぅぅっっ!!」

全身に力が込められ、舌根に痛みが走るほど吸引される。

ヒップがソファから浮きあがった直後、賢介は律動をストップし、パンティから指を引き抜いた。

「あ、はあぁあぁっ」

唇をほどいて立ちあがれば、莉奈は媚びを含んだ眼差しを向ける。あと一歩というところでお預けを食らい、いかにも心外といった表情だ。

理性を吹き飛ばすほどの快楽にどっぷり浸っていたのか、だらしなく開いた口から今にも涎がこぼれ落ちそうだった。

「はあはあ、はあぁ」

息苦しいのか、それとも昂奮冷めやらぬのか。少女は頬を真っ赤に染め、盛んに息継ぎを繰り返している。

賢介はここぞとばかりにベルトを緩め、ホックを外してジッパーを引き下げた。ズボンを下着もろとも剝き下ろし、いななく怒張を見せつけても、もはや彼女は驚きさえしない。それどころか牡の紋章に熱い視線を注ぎ、喉をコクンと鳴らした。

(昂奮状態のうちに、次のステップに進んでおかないと……)

その場で足踏みをしてズボンを脱ぎ捨て、腰に両手をあてがい、隆々と反り勃つ男根をグイッと突きだす。

「さあ、握ってみろ。好きなようにしていいんだからな」

莉奈は顔をしかめたものの、剛槍から決して目を離さない。

好奇心がためらいを呑みこんだのか、やがて身を乗りだし、恐るおそる両手を伸ばした。

柔らかい指先が肉筒に巻きつき、青筋がドクンと脈動する。賢介は肛門括約筋を引き締め、余裕綽《しゃくしゃく》々の表情で問いかけた。

「どんな感じだ？」

「あ、熱くて……大きいです」

「これが、おマ×コの中に入るんだぞ」

「……あ」

ただ触れられているだけで、鈴口から前触れの液がジワッと滲みだす。美少女との甘いひとときに向け、賢介自身の性感もリミッターを振り切っているのだ。

「カウパー氏腺液といってな。男も昂奮すると、濡れるんだ」

男の生理を説明する最中、パンツの中にこもっていた牡のムスクが鼻先まで立ちのぼる。莉奈は小鼻を膨らませたが、ペニスから手を離そうとせず、異形の物体を物珍しげに見つめるばかりだった。

「ただ握ってるだけじゃ、だめなんだぞ」

背中を軽く押せば、指先が上下に動きだし、ふたつの肉玉が吊りあがる。

包皮が蛇腹《じゃばら》のごとくスライドし、鈴割れから滴り落ちた我慢汁が白い指を穢していった。

「……おふっ」

唇を歪めて耐え忍び、少女の手筒を全身全霊で享受する。

心地いい性電流に両足を引き攣らせた直後、予想だにしない出来事が起こった。

莉奈が眉をたわめつつ、顔をゆっくり近づけてきたのである。

(おっ、おっ)

かわいい舌がちょこんと突きだされ、雁首と縫い目をツツッと舐められる。続いてソフトクリームを食するように、小さな口で亀頭冠をパクリと含んだ。

「む、むっ」

牝の本能の成せる業《わざ》か、それともエロビデオが好奇心を揺り動かしたのか。

いずれにしても、彼女は自らの意思で口唇奉仕を試みたのだ。

舌先がくねり、尿道口を掃き嬲《なぶ》られると、賢介は熱い感動に胸を締めつけられた。

テクニックとしては稚拙《ちせつ》だったが、類希《たぐいまれ》なる美少女がおしゃぶりしているという事実に気分が高揚する。

男根は青竜刀のように反り返り、昂奮のパルスが交感神経をチリチリと灼《や》いた。

「ン、ンふっ!」

莉奈は肉筒を呑みこもうとするも、とたんに噎《む》せる。

「無理して、深く咥えこむことはないぞ。先っぽだけのフェラでも、十分気持ちいいんだからな」

嗄れた声でアドバイスを送れば、少女は勃起を三分の一ほど招き入れてから顔を引きあげた。

清らかな唾液が肉胴を伝わり、頬がぺこんとへこむ。彼女はまたしても自分からソフトな抽送を繰りだし、怒張に快美を吹きこんでいった。

「ンっ、ンっ、ンぅ」

莉奈は鼻からくぐもった吐息をこぼし、懸命なフェラチオに従事する。

賢介は腰を震わせ、上ずった口調で思いの丈を隠すことなくぶちまけた。

「お、おおっ、り、莉奈、いい、気持ちいいぞ。やっぱり、お前は最高の教え子だ。俺に任せてくれれば、必ずトップアイドルにしてやるからな!」

甘い言葉で少女の気持ちをくすぐれば、スライドの速度が徐々に増していく。

(や、やばい……昂奮しすぎて、すぐにイッちゃいそうだ)

もちろん、口だけの前戯で射精するわけにはいかない。

賢介はTシャツを脱ぎ捨てて全裸になると、莉奈の頭に手を添え、口戯を無理やりストップさせた。

唇のあわいから剛直を抜き取るや、半透明の唾液が糸を引いて口から滴り、照り輝く男根が淫猥な様相を呈した。

「けほっ、けほっ」

咳きこむ莉奈を尻目にカーディガンを脱がせ、ブラウスのボタンを外す。

「……あ」

彼女はすぐさま困惑したものの、拒絶する素振りは少しも見せない。

合わせ目から覗くブラジャーも華やかなフリル付きで、怒張がことさらしなった。

「さあ、特別レッスンの開始だ」

ふてぶてしく言い放ち、続いてスカートのファスナーを引き下ろす。

ソファに片膝をつき、布地を下方に引っ張ると、莉奈は泣きそうな顔で仰向けに倒れこんだ。

さらにはパンティの上縁に手を添えれば、恥ずかしげに身をよじる。

「あ、やっ……」

「パンティを脱がなきゃ、レッスンはできんぞ」

賢介は純白の布地を強引にズリ下ろし、乙女の恥部を剝きだしにさせた。

彼女は足をぴったり閉じていたが、ふんわりした恥丘の膨らみまでは隠せない。

足首から抜き取ったパンティは、大量の花蜜でぐしょ濡れの状態だ。

「このパンティ、先生が預かっとくからな」

鼻を押しつけて匂いを嗅げば、莉奈は頬を赤らめて顔を背けた。

(はあはあ、たまんねえ……いよいよ、処女を奪う瞬間がやってきたんだ)

ソファの下に手を伸ばし、事前に隠していた黒革のバッグを引っ張りだす。そしてかぐわしい香りを放つパンティを中に押しこみ、代わりに銀色に輝く小さな物体を取りだした。

怒張が下腹にべったり張りつき、一刻も早い放出を訴える。

小さく震える美少女を、賢介は獲物を狙う鷹のような目で注視した。

4

(いよいよ……ここからが本番だ)

賢介は両太腿の裏側に手をすべりこませ、力任せに抱えあげた。

「……あ」

莉奈の顔が恐怖に歪むなか、ヒップがググッと迫りあがり、そのまま両足をM字に開脚させる。

腰に近い桃尻に下腹をあてがい、マングリ返しを固定させると、ピンク色の恥部はもちろん、裏の花弁まで余すことなく晒された。

「やっ、やっ」

少女はあられもない姿に拒絶の言葉を放ったが、もはやこの体勢からの脱出は不可能だ。

彼女の身体は軟体動物のように柔らかく、大いなる期待感に胸が打ち震える。

「これ、何だかわかるか?」

賢介はほくそ笑みながら、手にしていたステンレス製の代物《しろもの》を見せつけた。

莉奈は眉根を寄せ、駐車場や工事現場などで見られる三角コーンに似た物体を注視する。

全長六センチ、先端に向かうほど細くなる拡張器は、主にピアスの穴を開けるときに使用する医療器具だ。賢介は左手の人差し指と中指で膣口を広げ、器具の先端にたっぷりの唾液を含ませた。

ティアドロップ形に開いたとば口は思っていた以上に狭く、勃起したペニスを挿入すれば、激しい痛みを受けるのは明白だ。

莉奈は羞恥心から、またもや顔を横に振った。

先日の美蘭の泣きじゃくる姿が頭から離れず、賢介は処女膜を拡張してからの結合を思いたったのである。

（しょ、処女膜だ）

膣道を覗きこむと、ベビーピンクの膜が目に入り、中心に放射線状の小さな穴が開いている。この穴から、経血やオリモノを排出するのだ。

（七月末まで、日にちもないしな。一日でも早く性奴隷にできるなら……）

思惑どおりの結果になる確信はなかったが、試してみるだけの価値はある。

拡張器の切っ先を膣の中に挿れた瞬間、莉奈は真正面を向き、大きな瞳に不安の色を滲ませた。

「……あ」

「心配しなくてもいいぞ。痛いことは、何もしないから」

「やっ、やっ」

「先生を信用しろ」

先端は丸みを帯びているので、膣壁を傷つける恐れはない。細長い三角形の頂点を穴の中に差しこみ、くるくると小さく回転させて処女膜の穴を慎重に広げていく。

「痛くはないだろ？」

莉奈は何も答えず、歯列を噛みしめるばかりだ。

疼痛《とうつう》よりも違和感、さらには何を考えての行為なのか、目的がわからない不安のほうが大きいのかもしれない。

賢介は拡張器を抜き取っては唾液を付着させ、何度も同じ手順を繰り返した。

(こうやって処女膜をふやかして、穴を大きくすれば、挿入時の痛みは感じないはずなんだけど……)

処女膜は膣壁に癒着《ゆちゃく》しており、剝がれる際に出血と痛みを伴《ともな》う。

ペニスの通り道を作れば、初体験から快楽を得られるはずで、賢介は目を凝らし、額に汗を滲ませて拡張作業を続けていった。

五分、十分、十五分。穴は思いどおりに広がらず、焦りからつい指に力を込めてしまう。そのたびに莉奈は唇の端を歪め、腰を小刻みにひくつかせた。

「……くっ」

「痛いのか?」

少女が首を横に振るとホッとし、指先に全神経を集中させる。やがて処女膜がこなれだし、穴が確実に広がったのは目視でも認識できた。

(ようし、この調子だ)

突端に大量の唾液をまとわせ、さらなる拡張を試みる。額から伝った汗が顎から滴り落ち、無理な体勢がたたったのか、背中と腰が痛みはじめた。

莉奈も同様なのか、睫毛に涙を滲ませている。

(ようし、こんなものかな)

処女膜は膣壁まで広がり、その奥でピンクサンゴを思わせる肉の連なりがねっとりと蠢《うごめ》いた。

壁時計を見あげれば、拡張開始から三十分が経過している。

「ふうぅっ！」

賢介は大きな息を吐き、額の汗を手の甲で拭ってから身を起こした。

「悪かったな。身体の関節がギシギシするだろ。どこか痛みはないか？」

「……大丈夫です」

莉奈は鼻をスンと鳴らし、涙をひと筋こぼす。庇護《ひご》欲がそそられ、賢介は思わず口元にソフトなキスを見舞った。

「上も脱いじゃうか？」

「いや……です」

「どうして？」

「……恥ずかしいから」

少女はブラウスの前を右手で合わせ、左足を寄せて秘園を隠す。はしたない体勢から女芯をさんざん見られているのに、女心とは複雑なものだ。苦笑した賢介は、さっそく内腿のあいだに手を差し入れた。

「あ、だめです」

性感が怯んでしまったのか、莉奈ははっきりした口調で拒絶する。再び沸点まで追いこみ、至福《しふく》の結合を迎えなくては……。

(せっかく苦労して、ここまでやったんだからな)

小さな肉の突起を探りあて、クリクリとこねまわす。

「う、ふっ」

莉奈はすぐさま甘い声音を洩らしたものの、両足は頑《かたく》なに閉じたままだ。

「どうした、足は開いてくれんのか」

「……だめです」

「さっきはガバッと開いたんだぞ」

「それは、先生が無理やりしたから」

「仕方ないだろ。莉奈が、先生のチ×ポにいやらしい刺激を与えたせいだ」

自らペニスにむしゃぶりついた光景を思いだしたのか、純真無垢な少女は頬をみるみる赤らめた。

(くうっ、かわいいっ！　やっぱり莉奈は、スクールナンバーワンの美少女だな！)

ウンウンと頷き、目尻を下げて指を跳ね躍らせる。

「はう……やぁぁっ」

「や、じゃなくて、もっとしてほしいんだろ？　ほら、またスケベな汁が溢れてきたぞ。この音、聞こえるか？」

快楽のほむらが再び燃えあがったのか、股の奥からくちゅくちゅと猥音が響き、あえかな腰がくねりだした。

「ふうぅン、やめて……ください」

「身体のほうは、いやがってないみたいだぞ。さあ、足を開け」

「……あンっ」

強引に足を割り開き、らんらんとした視線を羞恥の源に注ぐ。女肉はすっかりほころび、狭間から愛の泉が途切れなく溢れでていた。

(いよいよだ)

結合の瞬間を迎え、緊張と期待がいやが上にも交錯する。

賢介はペニスに唾液をまぶしてから腰を突き進め、肉槍の穂先を濡れそぼつ割れ目にあてがった。

「……あ」

莉奈が頬を強ばらせ、一瞬にしておののく。

女になることへの躊躇《ちゅうちょ》か、それとも破瓜の痛みを怖れているのか。いずれにしても、ここまで来て計画を断念する気はさらさらない。

臀部の筋肉を盛りあげると、丸々とした先端が二枚の花びらを押し広げ、亀頭冠が膣の中にゆっくり埋めこまれていった。

「くぅ……」

「う、むむっ」

二人の口から、小さな喘ぎ声が同時にこぼれる。

莉奈は顔を背けて口を曲げたが、賢介は対照的に惚けた表情を浮かべた。

粘着性の強い花蜜が敏感な尿道口を覆い尽くし、射精欲求が急上昇のベクトルを描いていく。

(まだ挿れてもないのに……すごい快感だ)

新鮮かつ背徳的な状況が、多大な肉悦を吹きこんでいるのだろう。

「莉奈、身体の力を抜け」

「ン、ンぅ」

太腿を軽く叩けば、少女は言われるがまま脱力し、とたんに雁首が膣口をくぐり抜けた。

「お、おおっ」

「ひ……ンっ!?」

ぬくぬくした粘膜がグランスをしっぽり包み、怒張の芯がジーンとひりつく。

賢介は丹田《たんでん》に力を込め、射精願望を先送りさせてから様子をうかがった。

莉奈の表情は変わらず、眉間に縦皺を刻んでいる。

(ひょっとして、痛みがあるのか？　そんなはずはないんだが……)

処女膜は完璧に拡張しており、怒張が通り抜ける広さは確保しているはずだ。

今のところ、美蘭のときに受けた行く手を遮る障壁《さえぎ》らしきものは感じられない。

腰を慎重に繰りだしていくと、少女は上体をピクンと跳ねあがらせた。

「痛いのか？」

「……少し」

愛液と唾液の潤滑油だけでは足りなかったか。処女膜が膣壁から剝がれそうな状況に見舞われているのなら、疼痛を覚えても無理はなかった。

「ゆっくり挿れるから、もうちょっと我慢してくれ」

莉奈の返答を待たず、時間をかけて剛直を膣内に埋めこんでいく。

一分、二分、三分。やがて恥骨同士が密接し、胴体にまとわりつく媚肉の感触に陶然とした。

(や、やった……ついに莉奈とも結ばれたんだ)

顔を上げ、清々しい表情で美少女を見下ろす。

彼女は相変わらず身を縮ませていたが、頬に涙は伝っていない。腰をゆったり引いてペニスを確認すると、破瓜の血はどこにも付着していなかった。

(おおっ、予定どおりだ!)

ぬらぬらと照り輝く肉棒は少しも萎《な》えることなく、ギンギンに筋張っている。

再び腰を繰りだせば、肉筒はさほどの抵抗もなく膣道を突き進み、莉奈がやけに甘ったるい声を放った。

「ン……ふぅ」

「大丈夫か？」

「……は、はい」

彼女は目をうっすら開け、ようやく顔を真正面に向ける。

悲痛な様子は少しも見られず、下腹部の違和感に戸惑っているといったところか。

「どんな感じだ？」

「最初は痛かったんですけど……今はそれほどでも……」

「そうか……先生のチ×ポ、莉奈のおマ×コの中にずっぽし入ってるんだぞ。ほら、見てごらん」

莉奈は頭をそっと起こし、結合部を恐るおそる見下ろした。

「やぁあっ」

細い悲鳴を放ち、口元に手を添えて恥じらう姿に脳の芯がビリビリ震える。

（くうっ！　かっわいい！）

性欲本能を揺り動かされ、ペニスがまたいちだんと膨張した。この子のためなら、何でもしてあげたいと心の底から思った。

無意識のうちに腰がスライドを始め、幅の短いストロークで膣肉をこすりたてる。

「ひ……くっ」

とたんに莉奈は眉をたわめ、泣きそうな顔に変わった。

「痛かったら痛いと、言ってくれよ」

彼女の様子を探りつつ、さざ波ピストンで膣への抜き差しを繰り返す。

激しい律動には決して移らず、少しでも快感を吹きこもうと、駄々をこねる肉を優しく掻き分けた。

(今のところ、それほどの変化は見られないけど、また痛みが走ってるのか？　仕方がない……クリットを指で刺激してみるか)

右手を陰核に伸ばした瞬間、鼻にかかった声が耳朶を打った。

「あ、あ……う、ふぅン」

「気持ちいいのか？」

「く、ふうっ」

莉奈は身をよじり、目元を桜色に染めていく。

体温が上昇しているのか、額と頬が照明の光を反射して照りだし、微かに開いた唇のあいだから湿っぽい吐息が断続的に放たれた。

「はっ……ふっ……はあぁっ」

心なしか、律動もスムーズになった気がする。

出血はないのだから、愛液が湧出しはじめているのは疑いようのない事実なのだ。

続いてにちゅくちゅと卑猥な肉擦れ音が響きだし、白い腹部から内腿にかけての肌が上気していった。

（か、感じてる！　感じてるんだっ!!）

至福の喜びにパワーが全開になり、牡の征服願望が脳裏を支配する。

ヒップを抱えあげた賢介は意識的にピストンを加速させ、膣の奥に猛り狂う男根を送りこんでいった。

「ン、ンはぁあっ」

莉奈はソファに爪を立て、身をブリッジ状に反らす。

苦悶に歪む顔を目にした限り、快楽を得ているとは思えないのだが、かまわずスライドのピッチを上げ、怒濤の連打で膣肉を掘り返していった。

媚肉の摩擦と温もり、恥骨のコリコリした感触を心ゆくまで堪能する。

結合部から立ちのぼる熱臭にいざなわれ、突けば突くほど快感が増していく。

目に滴る汗も何のその。賢介はいつの間にか弾けるように腰を引き、深層めがけて雄々しい波動を休むことなく撃ちこんでいった。

「どうなんだ！　気持ちいいのか!?」

裏返った声で問いかければ、少女は顔を左右に振って口を開ける。そして、心の内を高らかな声で吐露《とろ》した。

「はっ、はっ、いいっ、気持ちいいです！」

熱い感動が胸の奥に広がり、自分の意思とは無関係に律動がトップギアにシフトチェンジする。

「もっと気持ちよくさせてやるぞ！」

賢介は奥歯を噛みしめ、恥骨が砕けんばかりの勢いで腰をしゃくった。

雁首で膣天井を研磨すれば、媚肉がうねりだし、ペニスを先端から根元までまんべんなく揉みほぐす。ただ締めつけるばかりではなく、真綿で包みこむような感触に身も心も蕩けそうだった。

息を止め、こめかみの血管を膨らませ、いつ果てることもないピストンを延々と繰り返す。

自分の、いったいどこにこれほどのスタミナが潜んでいたのか。

岸壁を打ちつける荒波のごとく、全身を汗まみれにしながら亀頭の先端で子宮口をこれでもかと叩きつけた。

「ひっ、ひぃぃぃぃンっ！」

莉奈はソプラノの声をあげ、首筋と下腹部に汗の皮膜をうっすらまとわせる。スパンスパーンと肉の打音が響くたびに、小さな身体が上下に激しく揺れる。

やがて潤んだ瞳を向け、震える唇をゆっくり開いた。

「せ、先生……あ、あたし」

上ずった口調、儚《はかな》げな表情、危うい眼差しは、高みに向かってのぼりつめているとしか思えない。

「何だ!?」

「か、身体がふわふわして……おかしいんです」

「エクスタシーが近いという証拠だ！　我慢することはない！　いつイッてもいいんだぞっ!!」

「ン、ふわぁぁあぁぁっ！」

小刻みに速く股間を打ちこみ、はたまた臀部をグリンと回転させれば、莉奈は顔をくしゃりと歪めて仰け反った。

ふしだらな破裂音が室内に反響し、媚肉の振動が粘膜を通してはっきり伝わる。

牡と牝の熱気と淫臭が入り混じり、荒ぶる情欲が破裂寸前まで膨張する。

「あ、あ、あ……せ、先生」

莉奈は両腕に指を食いこませ、すらりとした足を腰に巻きつかせた。

「いいぞ、莉奈がイクとこ、先生がずっと見ててやるからな！」

クリトリスを削り取るように、恥骨を下から上にシェイクし、熱い塊を容赦なく打ちこんでいく。

「あ、く、くうっ……」

可憐な容貌がまたもや苦悶に変わる頃、少女は双眸を閉じ、自らヒップを上下にわななかせた。

すっかりこなれた柔襞がキュンキュンと収縮を繰り返し、男根を縦横無尽に引き絞る。内圧が頂点まで達し、七色の閃光が脳裏で瞬く。

(イッたか……間違いない。イッたんだ！)

莉奈の絶頂を確認してから、賢介は掘削《くっさく》の一撃を膣奥にガツンと放った。

「ひっ、ンっ!?」

怒張を膣から引き抜き、愛液まみれの胴体をしごけば、青筋がはち切れんばかりの脈を打つ。

「む、おおっ」

己のリビドーを解放した刹那、鈴口から白濁液が一直線に迸り、莉奈の顎にまで跳ね飛んだ。

もちろん、欲望の排出は一度きりでは終わらない。

濃厚なエキスは続けざまに何度も放たれ、生白い下腹部に降り注いでいった。

「はあはあはあっ」

合計十回の吐精を迎えたところで、今度は陶酔のうねりが押し寄せる。心臓が痛いくらいに暴れ、筋肉ばかりか骨まで溶けそうな快美に意識が朦朧とした。

頭を起こせば、莉奈もまた、目を閉じたまま悦楽の余韻に身を委《ゆだ》ねている。

賢介は腰を上げて彼女の身体を跨ぎ、ザーメンが滴るペニスを眼前に突きつけた。

「しゃ、しゃぶって……きれいにしてくれ」

しばしの間を置いたあと、少女は目を微かに開け、虚ろな眼差しを肉根の切っ先に向けた。

ドキドキしながら待ち受けるなか、ふっくらした指が胴体に巻きつき、亀頭冠に自ら唇を被せていく。

正常な思考が働かないのか、それともアダルトビデオの口唇奉仕のシーンが影響したのか。莉奈は何のためらいも見せずに、舌と唇でペニスを清めていった。

「お、おおおっ」

かわいい口の中で精液と唾液がくちゅんと跳ね、お掃除フェラに没頭する表情が幸福感と牡の淫情を高みに押しあげる。

怒張は萎える気配もなく、このまま連射が可能なほど反り返っていた。

第五章　淫汁まみれの処女調教合宿

1

地元の町から車で二十分ほど離れた山の麓《ふもと》に、公営のスポーツ施設がある。風光明媚《ふうこうめいび》な場所に建てられた宿泊所、体育館、グラウンドは、スポーツ関連の団体なら誰でも利用できる公共施設で、賢介はダンスレッスンの名目で届け出を提出していた。

六月二十七日、午後一時。莉奈のバージンを奪ってから十日が過ぎ、いよいよ一泊二日の合宿が催された。

スクール生らと施設のエントランス前で合流し、さっそくオーディションに向けての練習を開始する。

宿泊所の二階には鏡張りのダンスフロアがあり、賢介は参加した九人の少女に振り付けの確認作業を指示した。

どの子も一様に真剣な表情で、特に莉奈、紗栄子、美蘭の三人はアイドルになりたいという情熱を全身から発散させている。

(この施設があってよかったよな。管理はしっかりしているうえに、近いから親も安心だろうし)

遠くの施設を利用していたら、付き添う保護者は必ずいたはずだ。

四階建ての宿泊所は食堂の他、大浴場や洗濯室も完備しているのだから、一泊なら親の手を借りる必要はなかった。

タブレットの指導メモを見ながら、フロア内を行ったり来たりする。

選抜メンバーは三人の美少女に絞りこんでいたものの、他の六人のやる気と能力を見極め、補欠の二人を選出しておきたい。

賢介もいつになく真面目な顔つきで、スクール生の動きをチェックしていった。

(それにしても……このオリジナル曲、なかなかいい出来じゃないか)

作曲と編曲はボイストレーナーに頼み、作詞と振り付けは賢介が知恵を絞って考えたものだ。

パソコンソフトでオケを作り、それなりの労力と時間をかけたのだから、自画自賛したくなるのも無理はなかった。

スクール生も気に入ったらしく、楽曲のリズムに乗っているのがよくわかる。

（この合宿でオーディションのメンバーを決めると伝えてあるから、張り切るのは当然のことなんだけど……）

ルックス、歌唱力、ダンス、表現力と、総合的に見れば、やはり莉奈、紗栄子、美蘭が頭ひとつふたつは抜けてでていた。

（さて、どうしたものか）

人数を多くすれば見映えはいいが、それだけ粗《あら》も目立ってしまう。少人数精鋭で、能力勝負に出るべきか。

振り付けを合わせる三人の美少女を観察し、思案を巡らせるも、次第に淫らな光景が頭を掠めはじめた。

（それにしても、莉奈のときは信じられないほど計画どおりにいったよな）

初体験から絶頂に導けるとは予想だにせず、純真無垢な少女に女の悦びを吹きこんだのである。

破瓜の痛みはほぼなかったのだから、セックスのトラウマを与えることもなく、お掃除フェラをさせたあとは、おさな子のようにしがみついてきた。

牡の情欲は少しも衰えず、ペニスは完全勃起を維持したまま。すぐさま二回戦に突入し、莉奈は恥じらいながらも快楽に咽《むせ》び泣いたのだ。

鉄は熱いうちに打ての格言どおり、賢介は翌日、翌々日も肉体関係を結び、莉奈は日を追うごとに予想を上まわる反応を見せてくれた。

(昨日は、自分からチ×ポを握ってきたからな)

この十日間で合計五回も肌を合わせており、思いだしただけで頬が緩んでしまう。

(まだまだ調教は必要だ。さっそく、このあと……)

賢介は口元を引き締め、手を叩いてスクール生を呼び寄せた。

「おおし、十五分の休憩に入る。しっかり休んで水分補給しとくんだぞ。それと、このあとは個人面談をしたいと思ってる。ええと……紗栄子!」

「は、はい」

「まずは、お前からだ。休憩が終わったら、先生の部屋に来てくれ」

「わかりました」

言いたいことだけを告げ、ダンスフロアをあとにして自室に向かう。

（莉奈はいちばん最後だ。たっぷり時間をとって……くくっ、楽しみだな）

あれこれと悪巧《わるだく》みを巡らせながら階段を昇りかけた直後、一人の少女が背後から回りこみ、賢介はギョッとした。

「先生」

「み、美蘭……どうした？」

「ちょっと話があるんですけど、いいですか？」

「あ、ああ。それはかまわんけど、今である必要ないじゃないか。このあと、面談があるんだし、そのときに話せば……」

人目を気にし、あたりを見回して冷や汗を垂らす。

「大丈夫です。すぐに終わる話ですから」

「うん、わかった……あっ」

頷いたと同時に、美蘭は股間に手を這わせ、唇をちょこんと突きだした。

「キスして」

「こ、こら……こんなとこで」

軽くたしなめつつ、ソフトなキスをしてから頭を撫で撫でする。不満だったのか、巨乳少女は一転して頬を膨らませた。

「最近、冷たくありませんか?」

「そんなことないだろ」

「だって……特別レッスン、今週は一度しか受けてないし」

先週から今週にかけては莉奈の調教に専念していたため、確かに美蘭のほうはお留守になっていたかもしれない。

(紗栄子のほうは生理だったから、問題なかったけど……困ったな)

賢介は苦笑したあと、穏やかな口調でたしなめた。

「来週の月曜という約束だったろ」

「我慢できないです。今夜……先生の部屋に行ってもいいですか?」

上目遣いにねだられると、股間の逸物がいやが上にも反応してしまう。

美蘭への調教は、これまで六、七回はこなしただろうか。従順度は今や紗栄子を飛び越え、ほぼ十割に達している。

さらにあからさまな態度を見せるようになり、ハラハラしたことは一度や二度ではなかった。

(今は、莉奈と紗栄子を完堕ちさせるほうが先決なんだが……)

オーディションの選抜メンバーは約束していたが、一抹《いちまつ》の不安は拭えないのかもしれない。

(だとしても、今後のためにも甘い顔は見せないほうがいいよな)

しかもこのあとは莉奈の調教を控えており、ここで精を抜くわけにはいかないのだ。

「だめだぞ。特別レッスンは、こちらの指示どおりにこなさないと」

「ううん、先生ぇ」

「猫撫で声を出しても、だめだ」

毅然《きぜん》とした態度を見せ、階段を昇っていっても、美蘭はまとわりついて離れない。

仕方なく手を振り払うと、彼女はすぐさま唇を尖らせた。

「先生……ひょっとして、他の子にもしてるんですか？」

「え……な、何を？」

「特別レッスンです」

背筋を冷たい汗が流れ、緊張に身を引き締める。

女の直感なのか、少女は薄々勘づいているのかもしれない。今の時点で、莉奈や紗栄子に手を出している事実を知られるわけにはいかなかった。

「そ、そんなわけないだろ」

慌てて否定するも、美蘭は不審に満ちた目を向けてくる。

「レッスンの合間に、よく女の子を呼びだしてるじゃないですか」

「おいおい、オーディション応募の締め切りが近いんだから、当たり前のことじゃないか」

賢介は先週のあたまからレッスン生を一人一人応接室に呼びつけ、ビデオを観ながらの個別指導をしていた。

公平に接することで淫行を隠蔽《いんぺい》する目論見《もくろみ》だったが、美蘭は莉奈との行為を覗き見していただけに疑念を抱いたらしい。

「何度も言ってるだろ。特別レッスンしてるのは、お前だけだって」

「ということは……特別じゃないレッスンは他の子にもしてるということですよね」

少女の目が吊りあがり、嫉妬の感情がビンビン伝わる。

(参ったな。仕方ない、こうなったら……)

賢介は美蘭の手を摑むや、男子トイレに連れこみ、個室内に入って内鍵をかけてから唇を奪った。

2

「ン、ふぅ」

ディープキスから舌を搦め捕り、唾液をジュッジュッと啜りあげる。さらにはハーフパンツの上縁から手をすべりこませ、指先で女肉を掻きくじった。

「いけない子だな。先生の言うことを聞けないなんて」

「だ、だって……」

唇をほどいて顔を見据えれば、少女は瞬く間に目をとろんとさせる。間を置かずに秘肉の狭間から花蜜が滲みだし、狭い個室内に淫らな擦過音が鳴り響いた。

「言い訳はするな」

「あ、あたし、そんなつもりじゃ……今夜ゆっくりと……」

「何を言ってる。キスだけで、こんなに濡らしといて。すぐにほしいんだろ？」

「あンっ！」

しこり勃った肉芽を弾いただけで、美蘭は腰をブルッと震わせる。

性感の発達具合は、処女を奪ったときとは比べものにならない。

「ただ、エッチをしてる時間はないぞ。休憩時間は、ほんの十五分だけだからな」

険しい顔で念を押し、ネイビーブルーのパンツを下着ごと捲り下ろす。

「やぁぁンっ」

巨乳少女は頰を染め、さも恥ずかしげにヒップをくねらせた。

最近では腰の稜線《りょうせん》が丸みを帯び、太腿にもむちっとした肉が付いた気がする。

女らしい身体つきとくっきりしたY字ラインが、牡の性欲本能を苛烈《かれつ》に刺激した。

(ふふっ、クリちゃんも大きくなって)

陰核はすでに包皮を押しあげ、肥厚《ひこう》した肉粒がちょこんと突きでている。

指腹を押しつけ、ゆったり揉みこめば、美蘭は切なげな顔で熱い吐息を放った。

「う、ふぅぅン」

「なんて、やらしい声を出すんだ。しっかりお仕置きしないとな」

「先生、たくさん叱ってください……い、ひぃぃぃン」

肉の突起をクリクリとこねまわすたびに、少女は身を引き攣らせる。賢介は右手の中指と薬指を膣口にあてがい、二本の指を蜜壺の中に埋めこんでいった。

「ひっ、ぐっ」

抵抗感はそれほどなく、早くもこなれた媚肉が無骨な指を手繰り寄せる。

ときおり飴を与えていれば、美蘭は従順な態度を見せるのだから、もはや完全なる性奴隷に堕としたといっても過言ではなかった。

「たっぷりイカしてやるから、大きな声は出すなよ」

彼女は指示どおりに口を手で塞ぎ、自身の下腹部を見下ろす。

賢介は膣天井にある梅干し大のしこりをくるくると押しまわし、徐々に腕の動きを速めていった。

「ンっ！　ンっ！　ンっ！」

左手の親指でクリトリスをそっと撫でさすり、二点攻めから少女の性感を極みへと追いつめる。

なめらかな太腿が、ぷるぷると小刻みに震えた。

淫蜜がしとどに溢れだし、恥裂から濁音混じりの水音が絶え間なく洩れ聞こえた。

「くっ、くうぅっ」

言いつけどおり、美蘭は嬌声を必死に堪え、黒目がちの瞳をしっとり潤ませる。

愛蜜が手首まで滴る頃、彼女は双眸を固く閉じ、腰を前後にこれ以上ないというほど打ち振った。

「ンっ！　ン、ふぅううぅぅっ!?」

「おおっ、潮を吹いたぞ！」

ジャッジャッと、恥割れから透明なしぶきが迸る。

「なんて、やらしい女の子なんだ！」

賢介は言葉でなじり、左右の腕をしゃにむに振って肉悦を与えつづけた。

「やっ、やっ、だめっ、だめっ」

「だめ、じゃないだろ。こんなスケベな姿、晒しといて。ほら、まだ出るぞ」

「ひぃうっ！」

美蘭は口から手を離して制そうとしたものの、力はまるで込められていない。

湯ばりは小水のごとく放たれ、トイレの床に大きな水溜まりを作った。

「あ、ぅぅぅンっ」

オルガスムスに達したのか、少女は膝から崩れ落ち、膣から指を引き抜きざま身体を支える。

虚ろな視線が宙を舞い、微かに開いた唇の狭間から湿った吐息が間断《かんだん》なく洩れた。

「かわいくて、何ともエッチな顔だ」

桜桃にも似た唇に吸いつき、瑞々しい弾力感を心ゆくまで味わう。美蘭はすかさず首に手を回し、自ら舌を絡めるや、唾液ごと猛烈な勢いで吸引した。

巨乳少女は、やはり完全に陥落《かんらく》したと考えてよさそうだ。

（紗栄子も九割方は堕としてるし、あとは莉奈をメロメロにするだけだ）

美蘭の身体をまさぐりつつ、賢介の思いはすでにスクール生ナンバーワンの美少女に飛んでいた。

3

手マンからの潮吹きで美蘭を満足させたあと、賢介は予定どおり、スクール生の個人面談を開始した。

八人目の指導を終えたところで、応接室を出ていこうとする少女に声をかける。

「フロアに戻ったら、莉奈を呼んでくれ」

「はい、わかりました。失礼します」

一人になった賢介は腕組みをし、難しい顔でタブレットの管理アプリを開いた。

合宿への参加人数は、三人の美少女を含めて九人。最初の頃は、最終参加者が十人を割るとは思ってもいなかった。

（このスクールも、いよいよ末期という感じだな。でも、かえって選抜メンバーは選

びやすいか）

客観的に見て、莉奈、紗栄子、美蘭と他の六人のあいだにはあまりにも差がありすぎる。

（他のレッスン生には悪いけど、やっぱりこの三人でいくべきかな）

大手のレコード会社が主催するアイドルオーディションは、一次書類選考で十組に絞られる。

応募の締め切りは、六月末日。応募総数は万単位になるはずで、書類選考で落とされたら、その時点で舞台に立つことすらできないのだ。

（あの三人なら一次選考を通る可能性はあるけど、たったの十組か……やっぱり厳しいかも）

あとは予期せぬ事態に備え、次点の補欠二人を選んでおかなければ。

「誰にするか……どの子も、これといった決め手はないし。あぁ」

六人の写真を見比べ、アピールポイントや評価点を考査《こうさ》し、小さな溜め息をつく。

いくら考えても決められず、合宿中の彼女らの頑張り具合で判断するしかなさそうだ。

賢介は画面をフリックして次のフィールドを出し、グループ名の候補に目を通した。

ライブで使用している地元の名称＋シスターズでは、あまりにもダサすぎる。

（インパクトがあって、なおかつカッコいい名前というと……）

スクールの存続に未練はなかったが、挑戦する以上は頂点を目指し、できることなら有終の美を飾りたい。

いつになく真剣な顔で、候補名を上から吟味《ぎんみ》していく。

「うん……やっぱり、これがいちばんいいかな」

小さく頷いたところで扉をノックする音が聞こえ、賢介は足早に出入り口へ向かった。

「莉奈か？」

「はい」

扉を開けると、Tシャツとスパッツ姿の美少女が早くも頬を染めて佇んでいる。

廊下をうかがえば、人影は見当たらず、しんと静まり返っていた。

この日の施設の利用者は、自分たち以外に実業団の陸上選手と思《おぼ》しき連中だけで、彼らはグラウンドに出向いている。

館内での大騒ぎや室内の飲食は厳禁というルールがあり、破った団体は出入り禁止になるのだから、それほど人目を気にしなくていい。

これから自分が仕掛ける行為はルール以前の問題で、バレたら大変な事態になるのだが、施設の利用者が少ないのは誠に都合がよかった。

(夏休みに入ったら、どっと来るんだろうけど……両隣も真向かいも空き部屋みたいだし、これなら気づかれることはなさそうだな)

「さ、入れ」

「……はい」

内鍵を閉め、スマホの時計表示を確認すれば、面談を始めてから一時間半が過ぎている。

(一人あたり、十分ちょっとの時間をかけてたのか。この子で最後だし、二十分ぐらいなら問題ないだろ)

賢介は目尻を下げ、莉奈をベッドに促した。

「ずいぶん汗を掻いてるけど、今までダンスしてたのか?」

「は、はい……あの、ときどき休みながら……踊ってました」

「そうか」

少女が腰を下ろしたところで、ニヤつきながら問いかける。

「先生が指導してたとき、何の変化も見られなかったけど、平気だったのか?」

「そ、それは……我慢……してたんです」

「なるほど。まあ、それほど激しいダンスじゃなかったからな」

賢介はジャージズボンのポケットに手を突っこみ、指先を小さく動かした。

「……あっ！」

莉奈は肩をピクンと震わせ、眉間に縦皺を刻む。そして前屈みの体勢から、両手を股のあいだに差し入れた。

「ふふっ、どんな感じだ？」

「く、くうっ」

少女の顔を横から覗きこみ、悦に入る。

レッスン前に、賢介は彼女の膣の中にピンクローターを仕込んだ。

電源こそ入れなかったが、振り付けを確認しているあいだ、卵形の物体は膣肉を絶えず抉っていたに違いない。

どれほどの快楽に翻弄されたのか、想像しただけで涎がこぼれ落ちそうだった。

「そのおもちゃ、バイブ機能がついてるんだ。どうかな？」

「あ、あ、あ……」

巨大なバイブレーションに見舞われているのか、莉奈はまともに答えられない。リモコンをポケットから取りだしても、チラリとも見ようとしなかった。

「これで、遠隔操作ができるんだ。レッスンのときに電源を入れたかったんだが、ぶっ倒れて、他の子たちに気づかれたら困るからな」

「く、くうっ……と、止めて」

「ん、何？」

「止めて……ください」

「ああ、わかった」

了承するフリをし、リモコンのスイッチを「弱」から「中」に切り替える。

「ひ、ぃぃうっ！」

莉奈は奇妙な呻き声をあげ、苦悶の表情からさらに上体を屈めた。

甘酸っぱい発情フェロモンがふわんと漂い、美少女が見せるあだっぽい表情が性本能をくすぐる。

生唾を飲みこんだ賢介は、ズボンの中のペニスを派手にいきり勃たせた。

4

タブレットを再び手に取り、莉奈のダンスシーンの映像を再生させる。

「ほら、これがさっき踊ってたときのものだぞ。いつもと、全然違うだろ?」

「あ、あ……」

莉奈は顔を上げたものの、目はすでに虚ろと化し、ぴったり閉じた脚線美が小さく震えていた。

肉体の芯部を襲う快感に抗えないのか、半開きの口から熱い吐息を放ち、腰が微かにくねりはじめる。

「どうした?」

ニタリ顔で問いかけると、唇を歪めた少女はとつとつと答えた。

「と、取って……ください……も、もう……」

「もう、何だ?」

羞恥心が込みあげたのか、彼女は口を真一文字に結ぶ。今度は「強」に替えると、目を閉じて大きく仰け反った。

「あ、うぅうっ」

下腹部の震えは今や全身に移行し、なだらかな顎がクンと上を向く。少女の股間からは、低いモーター音が絶えず洩れ聞こえていた。

「おいおい……まさか、このままイッちゃうんじゃないだろうな？」

首筋に汗がうっすら浮かび、前歯で噛みしめた下唇が紅く色づく。

（エロい……エロすぎる。ローターでイカせるつもりだったけど、こっちが我慢できないや）

今は、絶頂を見届けるまでの時間すら惜しい。リモコンのスイッチを切ったとたん、少女は脱力し、荒々しい息継ぎを繰り返した。

「はあはあ、はあっ」

「小さいのに、すごい振動だったろ？」

賢介はどや顔で歩み寄り、股間の膨らみを彼女の眼前に突きだした。

「お前のエッチな姿を見てたら、先生もやらしい気持ちになっちまったぞ」

莉奈が目をうっすら開け、男の中心部に儚げな眼差しを向ける。

いやな顔はもちろん、驚きもしない。やがて瞳がきらめきだし、イチゴ色の舌で唇をスッとなぞりあげた。

右腕がピクンと動き、小さな手がゆっくり伸ばされる。

こんもりしたテントを撫でられただけで、心地いい性電流が股間から脳天を突き抜けた。

「お、自分から触っちゃうんだ？」

「はあっ、だって……」

「また言い訳するのか？　触りたいから、触ってんだろ？」

言葉でなじっても、莉奈は股間の一点を見つめたまま。手のひらで、牡の証を丹念《たんねん》に撫でまわす。

ペニスはフル勃起し、柔らかい手の感触が身を蕩けさせた。

（バージン喪失から十日目で、これほど積極的な振る舞いを見せるなんて……ちょっと信じられんな）

処女膜の拡張は、予想以上の効果があったということだ。

鼻の穴が自然と開き、猛々しい性衝動が頂点に達する。賢介はすかさず腰を下ろし、すらりとした足を左右に割り開いた。

「あ……ンっ」

「ふふっ、すっかり熱を持っちゃって」

股の付け根に触れただけで、莉奈は恥ずかしげに腰をよじる。続けてスパッツのウエストに手を添えれば、か細い声で拒絶の言葉を放った。

「だ、だめです」

「ローター、取ってほしいんだろ？　脱がなきゃ、外せんぞ」

「……あぁ」

漆黒の布地をパンティもろとも引き下ろせば、ムンムンとした熱気と汗の匂いが鼻先に立ちのぼった。

（おほっ、すごい蒸れてる！）

期待感に胸が躍り、鼻の下をだらしなく伸ばす。

「ほれ、尻を上げて」

よほど我慢できないのか、少女は素直にヒップを浮かし、賢介は労せずしてパンツを引き下ろしていった。

パンティのクロッチを覗きこめば、葛湯にも似た粘液がべったり張りついている。

「おおっ」

「やぁっ、見ちゃだめです」

激しいダンスのあとなのに、パンティの裏地はそれほど汚れていない。

おそらく、こうなることを予期し、穿き替えてきたのだろう。

莉奈はクロスした手で、基底部の汚れを隠そうとする。

「こら、そんなことしたら、脱がせられないだろ」

「やっ、やっ」

「聞き分けのない子には、こうだぞ」

賢介は手の中にあるリモコンのスイッチを、再び「強」に入れた。

「ひぃやあぁぁあっ！」

莉奈はベッドに倒れこみ、両足を一直線に伸ばす。ここぞとばかりにするする下ろし、足首から抜き取ったスパッツの中からコットン生地を取りだした。

「このパンティは、先生がもらっとくからな」

脱ぎたてほやほやの布地をズボンのポケットに入れ、小刻みに震える脚線美に視線を戻す。リモコンのスイッチをオフにすると、少女はホッとした表情で小さな溜め息をついた。

「取ってやるから、そのままじっとしてるんだぞ」

「あ、あ……」

膝に手をあてがい、真っ白な太腿を左右に割り開いていく。下腹部が強ばったものの、それほどの力は込められていない。

今は羞恥心より、卑猥なおもちゃを早く取り除いてほしいという気持ちが強いのだろう。

（おおっ）

乙女の恥肉はすっかりほころび、大陰唇から鼠蹊部、内腿までチェリーピンクに染まっていた。

大量の淫蜜をべっとりまとわせ、三角州で渦巻く恥臭がムワッと立ちのぼる。鼻をヒクヒクさせれば、股間の逸物がこれ以上ないというほど疼いた。

亀裂からはみでたコードをつまみ、軽く引っ張って様子をうかがう。

「……ンっ！」

「莉奈……おマ×コ、すごいことになってるぞ」

下品な笑みを浮かべて声をかけるも、少女は何も答えず、顔を背けるばかりだ。

「あ、あ、あ……」

指先に力を込めた瞬間、ピンク色の小さな球体が顔を覗かせ、莉奈が切なげに身をよじった。

「なかなか抜けないな。もっと足を開け」

彼女は言われるがまま両足をＭ字に開き、肉びらが捲れて膣口が盛りあがる。

「もうちょっとで取れそうだ」

「ひっ、ンっ」

賢介はローターを膣から抜き取り、目の高さに掲《かか》げた。

愛液をたっぷりまとい、きらきらと照り輝く様が何とも卑猥だ。鼻を寄せて匂いを嗅げば、酸味の強い恥臭が鼻腔をくすぐり、目がどんより曇った。

（おマ×コがヒクヒクしてら。クリトリスもズル剝けちゃって）

可憐な肉粒を指で撫でつけると、小振りなヒップがピクンと弾み、莉奈が乞《こ》うような眼差しを向ける。

賢介はクコの実にも似たクリットを執拗に弄くり、乙女の性感を四面楚歌《しめんそか》の状況に追いつめていった。

「あ、ン、やっ、ンふぅ」

喘ぎ声は尻上がりに大きくなり、反応も目に見えて顕著になる。羞恥心はすでに忘我《ぼうが》の淵に沈んだのか、足を閉じようともせずに腰がくなくな揺れていた。

「せ、先生……」

「ん、何だ？」

「も、もう……」

「どうした、聞こえんぞ」

ニヤニヤしながら問いただすも、羞恥心がぶり返したのか、莉奈は答えようとしない。肉芽を指先でピンピン弾けば、息継ぎと胸の起伏の間隔が狭まった。

「あ、ンっ、やぁぁぁっ」

「もう、何だ？」

「はあはあ……い、挿れて……」

舌がもつれたのか、莉奈は喉をコクンと鳴らしてから再び口を開く。

「挿れてください」

小さく震える言葉に胸がときめき、肉棒が鋼《はがね》の蛮刀と化した。

「そうか、何を挿れてほしいんだ？」

「お、おチ×チン……おチ×チンを……挿れてください」

かわいい唇のあいだから男性器の俗称が放たれ、生殖本能が激しく揺さぶられる。

(予想を上まわる従順ぶりだ。この調子で、七月末までに完全服従させるぞ)

すっかり艶めいた美少女を見据え、賢介は己の征服願望を隠すことなく、煮え滾る肉棒を秘裂にあてがった。

第六章　完堕ち美少女肉悦ハーレム

1

七月二十九日、水曜日。

スクール定休日のこの日、美少女らの来訪を今か今かと待ち受ける。

合宿の最終日、賢介は莉奈、紗栄子、美蘭を選抜メンバーにする旨と、二人の補欠を発表した。

正式メンバー以外のスクール生の落ちこみようには胸が痛んだが、能力重視で臨《のぞ》む決意をした以上、心を鬼にしなければならない。

このひと月余り、居残りをさせ、はたまた休日を返上し、三人の美少女のレッスンにかかりきりだった。

もちろん調教も怠《おこた》らず、機は熟したと判断してもいいだろう。

ハーレムの世界を思い浮かべ、あとは男のロマンを達成するばかりだ。

（バレないように三人を相手にするのは大変だったけど、それも今日でいよいよ終わりというわけか）

落ち着きなく肩を揺すり、壁時計を何度も確認する。

時刻は、午後二時。そろそろ、彼女らがやってくる時間だ。

事務所内をうろついた賢介は、昂る股間を見下ろしざま呟いた。

「もう少しの辛抱だからな」

股間の中心が突っ張り、ペニスに猛烈な痛みが走る。ポールポジションを直したところでチャイムが鳴り、壁際のインターホンのボタンを押せば、聞き慣れたアルトボイスが聞こえてきた。

『紗栄子です』

「ちょっと待ってくれ」

エントランス扉のロックを外して待ち受けると、やがて事務所の扉が開き、Tシャツとミニスカート姿の美少女が姿を現した。

「おう、ご苦労さん」

「こ、こんにちは」

今日の彼女は、なぜか顔色が優れない。

どこか身体の調子が悪いのか。賢介は眉をひそめたあと、心配げに問いかけた。

「どうした？」

「いえ……何でもありません」

「そうか……さっそくだが、今日はこれから最終面談を始めるからな」

「最終……面談ですか？」

「ああ、そうだ。まあ、まずはこっちに来い」

さっそく室内に促しても、紗栄子は不安げな表情で佇んだまま、ドアの前から動こうとしない。

「あの……」

「何だ？」

「莉奈や美蘭は？」

「まだだ……おい、いったいどうしたんだ？」

「あの二人も……来るんですよね？」

「そうだよ。定休日の個別レッスンは、合宿の翌週からずっとしてるじゃないか」

しばしの沈黙のあと、彼女は俯き加減で口を開いた。

「……してるんですか？」

「え？」

「莉奈や美蘭と、エッチしてるんですか？」

どうやら紗栄子の様子がおかしかったのは、自分だけが寵愛を受けているのではないと察したかららしい。

（まあ……薄々勘づいてるとは思ってたけど）

アイドルになりたいという信念はスクール生の中でも突出《とっしゅつ》しており、美蘭と違って、割りきっているのかと考えていた。

もし嫉妬しているのなら、完全なる性奴隷に貶《おとし》めたと判断してもいいのだが、聡明《そうめい》な性格だけに一抹の不安が残る。

（どのみち……もう隠しだてする必要はないか）

賢介は細い手首を摑み、事務所内に引っ張りこんで回転椅子に腰かけた。

穏やかな笑みを浮かべ、真正面に立たせた紗栄子を仰ぎ見る。

「今だから話すけど、莉奈と美蘭は合宿に行く直前あたりから決めていたんだ。総合的に見て、他のレッスン生とは明らかに能力差があったからな。リーダー格のお前なら、言わなくてもわかってたよな？」

彼女がコクリと頷いてから、話を続ける。

「あとは何人にするか、誰をメンバーに加えるか。さんざん迷ったけど、最初に決定していた三人でいくことにしたんだ。ベストメンバーだけで臨んだほうが、いい結果を生むんじゃないかと思ってね」

「エッチ……したんですね？」

「ああ、したよ。すべては、オーディションに合格するためのことだ。お前だって、アイドルになるために努力してきたんだろ？」

納得できないのか、紗栄子は何も答えずに口を引き結んだ。

「特別レッスンしたのは、お前を含めた三人だけだ。補欠の二人や他のレッスン生には手を出していない。これは、本当のことだ」

大人の女性なら、誰もが屁理屈としか思えないだろう。だが大人びているとはいえ、紗栄子はまだ中学二年生なのだ。

「安心しろ。女として意識してるのは、お前だけなんだから。オーディションが済んだら、莉奈や美蘭とのレッスンはしないと約束するよ」

最後に自尊心をくすぐり、手首を掴んで引き寄せる。

「もうしばらくのあいだ、我慢してくれるな？」

「……はい」

これまでにない弱々しい姿に庇護欲が込みあげ、同時に男の分身がフル勃起した。

我ながら、クールで気の強い少女をよくぞここまで飼い慣らしたものだ。

すかさずスカートを捲れば、紗栄子はすばやく裾を手で押さえる。

「ちゃんと見せなきゃだめじゃないか」

「だって、いきなりなんて……」

「後ろを向け。背中を向けて、お尻を突きだすんだ」

「あ、あの……」

「先生の言うことが聞けないのか？」

「は、はい」

子羊と化した少女は言われるがまま身体を反転させ、前屈みの体勢からヒップをちょこんと迫りだす。

賢介はスカートをたくしあげ、淫靡な笑みを口元に浮かべた。

「言われたとおり、パンティは穿いてこなかったんだな」

「先生が昨日、脱いでこいって言ったから……」

何やかんや言いながらも、結局はこちらの指示に従うのだから、かわいいものだ。

「……ンっ!?」

指で撫でつけただけで秘裂から花蜜が滲みだし、小振りなヒップがピクピクとひくつく。性感の発達具合は申し分なく、最初の頃と比べると、クリトリスも陰唇も厚みを増した。

「むっ……これはどういうことだ?」

「はっ、はっ、はっ」

「いやらしい子だな。ちょっと触っただけで、溢れかえってるぞ」

恥裂沿いに指をすべらせ、人差し指と中指を膣の中にゆっくり埋めこんでいく。

「ンっ、はっ、先生ぇ……」

「スケベな匂いが、ぷんぷん匂ってくるぞ」

「嗅いじゃだめぇ」

性的な昂奮に駆られ、立っていることすらままならないのか、しなやかな美脚がガクガク震えている。賢介は膣に路《みち》をつけつつ、もう片方の手でデスクの引き出しを音を立てずに開けた。

口角を上げ、中から深紅《しんく》のバイブレーターを取りだす。ディルドウ全体に、強力な媚薬をたっぷり塗布《とふ》した代物だ。

（ふふっ。学生時代、この媚薬にはずいぶんお世話になったよな）

ペニスの形を模したバイブを恥割れにあてがうと、異変を察知した紗栄子は肩越しに不安げな視線を向けた。

「な、何を……」

「動くな。じっとしてろ」

「あ、くっ」

小陰唇を押し開いた巨大なディルドウは、さほどの抵抗もなくとば口を通過し、狭隘な膣道をズブズブと突き進んでいく。

「ひぃうっ！」

「どんな感じだ？」

「あ、あ……」

凄まじい圧迫感に見舞われているのか、彼女はまともな返答もできない。

「気持ちよくないのか？」

「あぁあぁぁンっ！」

猛烈なピストンを繰りだせば、背中を反らし、形のいいヒップをくなくなと揺らした。

「はあはあ……き、気持ちいいです」

か細い声が聞こえたあと、バイブを根元まで埋没させ、デスクの下から白い手提げ袋を手に取る。

「ようし、下半身に力は入れるなよ。バイブが飛びでてきちゃうからな。そのまま、こっちを向け」

真正面を向いた紗栄子の顔は早くも上気し、目がうるうるしていた。

(媚薬の効果はこれからだ。いやというほど泣かせてやるからな)

ほくそ笑み、手提げ袋を彼女の目の前に差しだす。

「この中にある物を着て、ダンススタジオで待っててくれ」

「はあはあ……こ、この状態のままですか?」

「そうだ。今日から新しいレッスンに入るんだから、絶対に抜いたらだめだぞ」

「わ、わかりました」

紗栄子は紙袋を手にしたものの、モジモジしながら股間を押さえる。

「さ、早く行け」

かつてのクールな面影は微塵もなく、少女はそぞろ足で出口に向かった。

待ちに待った酒池肉林《しゅちにくりん》の瞬間を迎え、ペニスが熱い脈動を訴える。トランクスの下は、すでに大量の先走りでぬめり返っていた。

紗栄子が事務所をあとにしてから五分後、莉奈と美蘭が揃《そろ》って姿を現した。

こちらも目元を赤らめ、恥ずかしげに俯いている。

「いっしょに来たのか？」

「い、いいえ、ビルの前で会ったんです」

美蘭は顔を上げず、いかにもいたたまれぬ様子で答えた。

二人にもノーパンで来いと伝えており、やるせない気持ちになるのは当然のことだ。

(どこで、いつ脱いだのか、想像しただけでもワクワクするな)

賢介は足を組み、真面目な表情を装ってから今後の予定を伝えた。

「特別レッスンは、今日から第二段階に入る。心して、臨んでくれ」

「は……はい」

「声が小さいぞ」

「は、はい！」

下腹部がスースーするのか、どうにも不安が拭えないらしい。さっそく莉奈の手を摑んで引っ張り、スカートの中に手を忍ばせる。

「……あ」

二人の少女の口から、同時に驚きの声が放たれた。

「うむ。言われたとおり、パンティはちゃんと脱いできたんだな」

「あ、やっ」

莉奈が身をよじって拒絶の姿勢を示す一方、美蘭はぽかんとし、指導者の蛮行を目を丸くして見つめていた。

「今さら、恥ずかしがることないだろ。さんざん見せてきたんだから」

「だ、だって、美蘭がそばにいるのに」

「美蘭はメンバーの仲間で、運命共同体なんだ。アイドルになったら、多くのファンから注目されることになるんだぞ。これくらい耐えられなくて、どうする?」

無茶苦茶な屁理屈をこね、スカートの下で指先を跳ね躍らせる。

「あ、ンっ!?」

莉奈が甘ったるい声を発した直後、美蘭は目尻をみるみる吊りあげた。

合宿の際、巨乳少女は紗栄子と同じ疑問を投げかけてきた。

自分以外に特別レッスンを受けている生徒がいることは勘づいていたようだが、目の前で見せつけられると、やはり嫉妬の感情は隠せないのだろう。

「ほうら、エッチな音が聞こえてきたぞ」

「ンっ、やっ、だめ、だめです……くはぁ」

クリットをこねまわし、膣口に指を挿し入れただけで、愛液がくちゅんと淫らな音を奏でた。

媚肉を丹念にくつろげてから手を引き抜けば、指先は大量の淫蜜をまとって妖しい照り輝きを放つ。

「はあはあ、はあぁっ」

莉奈が熱い吐息を放ったところで、賢介は引き出しの中から円盤形のケースを取りだし、キャップを外して、半透明のクリームを指先で掬い取った。

「ちょっとひんやりするが、我慢してくれよ」

美蘭が眉をひそめて見守るなか、スカートの下に再び手を潜りこませ、肉芽と膣の中に媚薬をまんべんなく塗りつけていく。

「ひっ……あ、あ……」

「ようし、これでオーケーだ。あとは……」

賢介はデスクの下からまたもや手提げ袋を取りだし、朦朧とした状態の莉奈に手渡した。

「これを身に着けて、スタジオで待ってるんだ。さ、行け」

「は、はい」

麗しの美少女は小さく頷き、よほど恥ずかしいのか、美蘭とは目を合わせずに出入り口に向かう。

「さ、次は美蘭の番だ」

巨乳少女に向きなおると、彼女は目尻に涙を溜めて睨んでいた。

「どうした？」

「先生、やっぱり私以外にもしてたんですね」

「選抜メンバーに、特別レッスンをしただけだよ」

「莉奈に……何をしたんですか？」

「見たら、わかるだろ。筋肉の緊張を和らげる軟膏《なんこう》を塗ってあげただけさ」

申し開きしても、彼女は険しい視線を投げかけるばかりだ。

(この子は、ホントに意外だったな。ポワンとしてて、いちばん手なずけやすいと思ったのに、こんなに嫉妬深かったなんて)

自分に対し、それほど異性を意識しているのかもしれない。

賢介はにっこり笑い、お決まりの懐柔策を試みた。

「お前がいちばん好きだという気持ちは変わらんよ」

媚薬を指に含ませたところで、美蘭はスカートの裾を手で押さえつける。

苦笑した賢介は、空いた手でバストの頂点を軽く引っ掻いた。

「……あンっ」

「このあとのレッスン指導は一番手にするから、機嫌をなおせ」

「……先生」

「ん？」

「ホントに……私のこと好き？」

「ああ、大好きだ」

「莉奈や紗栄子先輩より？」

「もちろんだ。でも、アイドルグループはチームワークがもっとも大切なことだろ。もし美蘭だけ特別扱いしたら、どうなると思う？」

「そ、それは……」

「仲違《なかたが》いしたら、オーディションに出られなくなるかもしれないんだぞ。俺はお前にアイドルになってほしいし、だから一生懸命がんばってるんだ」

「先生……あンっ」

胸の突端を指先でこねれば、少女はすかさず鼻にかかった声を洩らした。

(やっぱり、子供だな。甘い言葉をかければ、すぐに従順になっちゃうんだから)

美蘭の顔から険しさが失せ、すっかり丸みを帯びたヒップがくねりだす。

賢介は胸の性感帯に刺激を与えつつ、媚薬にまみれた指をスカートの下に侵入させていった。

2

(あいつら、どんな表情で待ってるか。ホントに楽しみだな)

賢介はエレベーターに乗りこみ、ダンスフロアのある四階に向かった。

莉奈と美蘭の女芯には媚薬をたっぷり塗りこみ、紗栄子にはさらに極太のバイブレーターを埋めこんでいる。

妄想の中でしか実現することのなかった痴態が、これから現実のものになるのだ。

ハーフパンツのフロントは大きなマストを張り、左上方に向かって突きでていた。

エレベーターを降り、ドキドキしながらダンススタジオに向かう。

ドアの上部にはめこんだ透明ガラスから覗きこめば、事前に用意していた一脚の簡易椅子とブルーのマットが目に入った。

三人の美少女はマットのそばに佇み、互いの姿を見やっては驚きとも意外とも言える表情で話しこんでいる。

(くふぅ！　かっわいい!!)

膣内に塗布した媚薬は、そろそろ効いてくるはずだ。三人とも平静を装ってはいたが、よく見ると頬が赤らみ、腰が微かにもぞついていた。

ドアを開け、軽く咳払いをしてから近づいていく。

少女たちはすぐさま一列に並び、賢介は無言のまま真正面で立ち止まった。

ムスッとした顔で、彼女らの容姿をゆっくり見回す。

ワンピースミニのピンクの衣装、同色のハイカットシューズはスポーティな印象を与え、襟元と裾、白いハイソックスの縁に入ったワンポイントの黒のラインが愛らしい。

「お前ら……」

相好を崩さぬまま口を開けば、美少女らは緊張の面持ちで次の言葉を待ち受ける。

「よくがんばってるよな。先生、頭が下がる思いだよ」

三人が顔を見合わせたところで、賢介はようやく白い歯をこぼした。

「書類審査、通過だ」

「……え？」

紗栄子は声を震わせ、莉奈と美蘭がきょとんとする。

「応募総数は、二万四千。その中からの十組に、お前たちが選ばれたというわけだ」

「ホ、ホントですか？」

「おいおい、こんな冗談、言えるわけないだろ。本選進出、おめでとう！」

美蘭の問いかけに苦笑して答えると、莉奈は口元を手で覆って涙ぐんだ。

「そのユニフォーム、俺がデザインして注文しておいたんだが、無駄にならなくてよかったよ」

「せ、先生」

クールな紗栄子でさえ睫毛を涙で濡らしていたが、美蘭だけはいまだに信じられないのか、目を見開いて詰め寄った。

「いつ、連絡があったんですか？」

「今日の昼前に、メールでだ。喜ぶのは早いぞ。本選には選《え》りすぐりの精鋭が集まってくるんだからな。あとひと月、死にものぐるいでがんばらんと。泣くのは、それからでも遅くないぞ」

戒《いまし》めの言葉をかけたものの、無邪気な巨乳少女は手を合わせて喜びを露にした。

「新しいグループ名は、もうわかってるな？　ユニフォームの胸に刺繍されたものだ。英語が苦手な美蘭でも、その程度なら読めるだろ」

「ピンク……ミラージュ」

「そう、その名前で応募しておいたんだ」

「カッコいいかも」

この日が来ることを期待して、ユニフォームの製作やグループ名を内緒にしておいたのだ。

満足げな笑みを浮かべた賢介は、手を叩いて次の指示を出した。

「さ、レッスンの二段階目に入るぞ。まずは水着審査の予行レッスンだ」

「……え？」

紗栄子が一転して呆然とし、莉奈が顔をしかめる。

「え、じゃないだろ。オーディションに水着審査があるのは当然のことじゃないか。それに、審査員からの質疑応答もある。おどおどしてたらイメージは悪くなるし、しっかり答えられるように、今から準備しておくからな。さ、ユニフォームを脱げ」

思わず口元がほころびそうになるも、賢介は頬の筋肉を引き締めて堪えた。

「せっかく着たのに、脱ぐんですか？」

莉奈が悲しげな眼差しを向けるも、もちろん受けいれない。

「予行レッスンが終わったら、また着させるよ。さ、早くしろ」

少女らは渋々ワンピースのファスナーを下ろしたものの、すぐに手が止まり、恥ずかしげに身を揺する。

（くくっ。この様子だと、間違いなく紙袋の中に入れておいた水着を着てるな）

加えて媚薬の効果も効きはじめたのか、どの子も頬が朱色に染まり、肩で息をしているのがはっきりわかった。

「あの……ソックスとシューズは？」

紗栄子の場合はバイブレーターを挿入しているだけに、ためらいは他の二人よりも強いのだろう。やるせない表情で問いかけた。

「うん？　そうだな……面倒だろうし、それはそのままでいいよ」

水着姿を、ただ鑑賞するというのも味気ない。賢介は答えてから簡易椅子を引き寄せ、どっかと腰を下ろして少女らの脱衣姿を見守った。

「どうした？　早く脱ぐんだ」

「……はい」

まずは美蘭がピンクの布地を肩からすべらせ、莉奈があとに続く。

紗栄子も覚悟を決めたのか、唇を噛みしめながらワンピースを足元に落とした。

（おおっ！）

平静を装う一方、心の中で拍手喝采《かっさい》する。

彼女らが着用していたものは超マイクロビキニで、莉奈は純白、紗栄子は深紅、美蘭は濃紺と、色とりどりのセクシー水着が目に飛びこんだ。

トップの三角布地は乳首を隠しているだけで、乳房の輪郭がはっきり見て取れる。

ボトムも同様で、生白い大陰唇と鼠蹊部が剝きだしの状態だった。

こんもりした恥丘の膨らみ、くっきりしたY字ライン、内腿の柔肉が絶妙のコラボレーションを放ち、牡の淫情をこれでもかと煽った。

三人は足をぴったり閉じ、俯き加減から手を組んで股間を隠す。きめの細かい肌がみるみる桃色に染まり、恥じらう姿が獰猛なサディズムを刺激した。

（ピンクミラージュか……くくっ、ぴったりのグループ名だな）

腕組みをし、事前に用意していた質問をぶつけていく。

「このオーディションに参加した理由をお聞かせください。まずは紗栄子さんから」

「は、はい……あの……幼い頃から歌やダンスが好きで……人気アイドルになりたいという夢を叶えるために……参加しました」

普段は物怖《ものお》じしない性格だったが、急な展開に気持ちがついていかないのか、やけに消極的で声も小さい。

莉奈や美蘭も似たり寄ったりで、審査員に好印象を与えられる受け答えとは、とうてい思えなかった。

(まあ、この水着を着て、媚薬をたっぷり塗られた状況じゃ、無理だろうけど)

続いて得意科目や趣味、家族構成など、ありきたりな質問をしたあと、賢介は審査とは関係ない質問を投げかけた。

「つき合ってるボーイフレンドはいますか？　好きな人はいますか？　紗栄子さんから順番に、正直に答えてください」

「え……あの……いません。好きな人は……いるような……いないような」

「莉奈さんは？」

「ボーイフレンドはいません。好きな人は……」

絶世の美少女はそこで口を噤み、困惑の表情で俯いてしまう。

「はい、けっこうです。美蘭さんは？」

「いません……好きな人はいます」

巨乳少女は豊満なバストをふるんと揺らし、意味深な視線を向けて答えた。

自分への恋心は伝わるも、おくびにも出さずに次の質問に移る。

「性体験はありますか？」

核心を突くと、どの子もハッとし、そわそわと落ち着きなく肩を揺すった。

目が泳ぎだし、どう答えたらいいのか、逡巡しているようだ。

「これは練習なんだから、気後《きおく》れすることはないぞ。さ、正直に答えて」

しばしの沈黙のあと、紗栄子が目を伏せたまま消え入りそうな声で答える。

「……ありますす」

「莉奈さんは？」

「あの……あ、あります」

「ひょっとして、美蘭さんも経験ありですか？」

「は、はい」

賢介はここで身を乗りだし、さらにふしだらな質問で羞恥心を煽った。

「オナニーの経験はありますか？　経験ありの人は、いつ覚えましたか？　週に、何回してますか？」

三人の少女は唖然としたあと、さも気まずげに視線を逸らす。

「紗栄子さん、答えてください」

「そ、それは……」

沈黙の時間が流れ、焦れったさを覚えた賢介は再び素に戻って咎《とが》めた。

「どんな質問をされても、ハキハキ答えられるようにならなきゃだめじゃないか。そのための練習なんだから」

「は、はい」

「俺の目を見て、答えてみろ」

ピンクミラージュのリーダーは顔を上げ、真剣な表情で唇を動かした。

「あ、あります。保育園に通っていた頃……四歳ぐらいのときです」

「よ、四歳っ!?」

「あの……シャワーを浴びてたら、気持ちよくなっちゃって……それから……指で弄るようになりました。今は、週に三、四回ぐらいです」

「なるほど、莉奈さんは？」

「はい……つい最近……覚えました」

「ほう。何か、きっかけがあったんですか？」

「あ、あの……エッチなこと……考えるようになって……今は、週に……一、二回ぐらいです」

おとなしい真面目なスクール生には、酷《こく》な問いかけだったらしい。

鼻をスンと鳴らしたところで、美蘭に目線で合図を送る。

「小学……五年生の頃です。友だちに教わって、試してみたら……クセになっちゃって。ほぼ……毎日のようにしてます」

「毎日っ!?」

不埒な行為を素直に受けいれたのも、調教を繰り返すなかで性感がいちばん発達したのも彼女だった。

天真爛漫な少女は、生まれつき性的な好奇心が強いのかもしれない。賢介は納得げに頷いたあと、いよいよ最終質問に移った。

「おチ×チンは好きですか？」

ぽかんとした彼女らの表情を見ているだけで、笑いが込みあげる。口元を引き締めて見まわせば、どの子も俯きざま顔を真っ赤に染めた。

「ムラムラしたときに、おチ×チンをほしいと思ったことはありますか？」

三人の美少女は口を閉ざしたまま、答えようとしない。

膣内に塗りこんだ媚薬は、すでに大きな効果を発揮しているのだろう。今や美脚はぷるぷると震え、首筋から胸元がしっとり汗ばんでいた。

(膣の中は火照りまくり、クリトリスがジンジン疼いて、もう我慢できないといった感じかな)

どうやら、性感に火をつけるためのエッチな質問も功《こう》を奏《そう》したらしい。やがて右方向から、トーンの高いアニメ声が洩れ聞こえた。

「……好きです」

「ほう、美蘭さん。そんなに好きなんですか?」

「大好きです。おっきくて硬いおチ×チン……いつもほしいと思ってます。今すぐにでも」

とうとう限界を迎えたのか、巨乳少女が吐息混じりに言い放ち、莉奈と紗栄子が信じられないといった表情で目を丸くする。

美蘭には先ほど、真っ先に寵愛を与える約束をした。他のメンバーに先を越されたくない、という心理が働いているのかもしれない。

「そうですか。おっきくて硬いおチ×チン、すぐにでもほしいんですね」

「は、はい」

賢介は改めて確認すると、椅子から立ちあがり、腰をグイッと突きだした。

「いいですよ、あなたの好きなようにしても」

「……え？」

「ここにありますよ。お望みのおチ×チンが」

「い、いいんですか？」

「どうぞ」

童顔の少女は目を潤ませ、唇を舌でなぞりあげる。そしてそろりそろりと歩み寄り、目の前で跪いた。

小さな手がハーフパンツに伸び、手のひらが股間の膨らみに這わされる。ペニスがいっそういきり勃った刹那、紗栄子が掠れた声をかけてきた。

「あ、あの……」

「ん、どうした？」

「こんなこと……やってる場合じゃないと思います。ちゃんとした練習をしないと」

さすがはグループ内の最年長、リーダーだけのことはある。

彼女は自身の肉体に生じた快感に抗い、常識的な理性を決して失わない。

従順ぶりは九割方で、まだ十割には達していなかったのだ。

(一抹の不安は当たったわけだ。バイブを使ったのは正解だったな)

賢介はにやりと笑うや、左手をすぐさまハーフパンツのポケットに突っこんだ。

3

「……ひっ⁉」

リモコンのスイッチを入れると、紗栄子は股のあいだに両手を差しこみ、やや前屈みの体勢から歯列をギリリと噛み締めた。

(ふふっ、最初から「強」だからな。これは、強烈だぞ)

巨大なディルドウは唸《うな》りをあげて回転し、膣肉を引っ掻きまわしているはずだ。

莉奈は何が起こったのか理解できぬまま、脂汗を滴らせる紗栄子を愕然と見つめていた。美蘭は全神経が色欲一色に染まっているのか、脇目も振らずに男の象徴を撫でさする。

「脱がせても……いいですか?」

「お前の好きなようにしていいぞ」

ハーフパンツがトランクスごと引き下ろされるや、賢介はすかさずTシャツを頭から剝ぎ取った。

鉄の棒と化した肉根がジャックナイフのごとく飛びだし、下腹をベチンと叩く。

「はあぁっ」

童顔の少女は熱い吐息をこぼし、切なげな顔で哀願《あいがん》した。

「おしゃぶりしても……いいですか？」

「いやらしい顔だな。唾は、たっぷりまぶすんだぞ」

ニヤニヤしながら指示を与えれば、美蘭は口を窄め、いななく蛮刀に唾液を滴らせる。そしてかわいい舌を差しだし、裏筋から縫い目を這い嬲っていった。

「む、むう……気持ちいいぞ」

怒張に走る快感を享受しつつ、莉奈と紗栄子の様子をうかがう。

絶世の美少女はいつの間にか視線をこちらに向け、クールだった美少女は苦悶の表情からいまだに股間を手で押さえていた。

「お、おう」

強烈な性電流が背筋を這いのぼり、驚きの目を下方に向ける。

美蘭はさっそく亀頭冠を咥えこみ、ぐぽぽぽっという猥音とともに剛直を根元まで呑みこんでいった。

「ンっ、ンっ、ンっ！」

小顔が前後のスライドを開始し、肉胴が大量の唾液で濡れそぼつ。小気味のいい喘ぎを鼻からこぼし、首を螺旋《らせん》状に揺らしては強烈な快美を吹きこむ。

ぎゅぽっ、じゅぷっ、ずずっ、ぢゅっ、ぢゅるるるるっ！

頬が鋭角に窄まり、けたたましい吸茎音がスタジオ内に鳴り響いた。

抽送の合間に舌が生き物のようにくねり、縫い目をチロチロとなぞりあげるのだから、賢介は巧緻《こうち》を極めた口戯に感心するばかりだった。

（お、おお……すごい。気合い、入ってるな。これまで受けたフェラのなかでは、いちばん激しいんじゃないか）

射精欲求に駆られるも、幕が上がったばかりで放出するわけにはいかない。

頭に手を添え、口から怒張を引き抜けば、とろみの強い唾液が半透明の糸を引いて垂れ滴った。

「は、ふぅうっ」

「いけない子だな。そんないやらしいフェラをするなんて。先生をさっさとイカせたいのか？」

「ほしい、もっとおしゃぶりしたいです！」

物欲しげな顔を目にした限り、この子に関しては不安視する必要はないようだ。

「あとでたっぷりとしゃぶらせてやるから、そこに四つん這いになれ。尻を向けるんだぞ」

真横に敷かれたマットを指差せば、美蘭は一も二もなく手をつき、ヒップを高々と突きあげた。

「おほっ」

Ｔバックの細紐が臀裂にぴっちり食いこみ、なめらかな肉の丘陵が余すことなく晒される。白桃を思わせる双臀の瑞々しさ、クロッチに刻まれた縦筋と愛液のシミに、賢介は思わず歓喜の声を放った。

細長い布地の両脇から、チェリーピンクに染まった大陰唇がぷっくりとはみでている。足元に絡みついたパンツと下着を剝ぎ取り、指を伸ばしてスリットを撫であげると、丸々としたヒップがビクビク震えた。

「おいおい、すごいことになってるぞ。水着の股布、グショグショじゃないか」

「あ、あ、やっ、見ないで」

「はあ？　自分から足開いといて、何を言ってんだ」

「ンっ、く、はあぁっ」

マンスジに沿って指を往復させただけで、美蘭はヒップをくねらせ、上ずった喘ぎ声を放つ。

クロッチを脇にずらせば、花びらはすっかり開花し、秘肉の狭間から粘り気の強い甘蜜をとろりと滴らせた。

「いやらしいな。おマ×コ、こんなに濡らして。この音、聞こえるか？」

「ンっ、はあぁぁっ」

スライドを繰り返すたびにくちゅんくちゅんと卑猥な音が鳴り響き、指先と膣口とのあいだでとろみの橋が架《か》けられる。

「お前のスケベな姿、メンバーに見られてるんだぞ」

「あぁン、莉奈、紗栄子先輩、見ないで、見ないでぇっ」

「おや、急に愛液の量が増えたぞ。さては、見られて昂奮してるんだな？」

「ち、違います」

「先生に、ごまかしはきかんぞ。クリちゃんだって、こんなに大きくなってるんだからな」

「く、ひぃぃっ」

賢介は陰核をつまんで引っ張り、はたまたあやしてはこねまわした。

乙女のデリケートゾーンは丸見えの状態で、蹂躙シーンを二人の少女が凝視しているのだ。

新鮮なシチュエーションに交感神経が痺れ、アドレナリンが大量に湧出する。

生きている実感と喜びに奮い立った賢介は、淫蜜でぬめり返った肉唇を鬼の形相で嬲っていった。

「いひっ、だめ、だめっ！」

「何が、だめなんだ!?」

「そんな激しくしたら、イッちゃう！　イッちゃいます!!」

「指だけでイッちまうのか!?　なんてスケベな女の子なんだ！」

「ン、はあぁあぁあっ！」

指の律動をトップスピードに上げつつ、賢介は横目でチラチラと二人の少女の様子を探った。

紗栄子は手を股間に押し当てたまま、内股の状態から険しい眼差しを向けている。

目尻を吊りあげ、唇を歪めた容貌はいまだに快楽への抵抗を試みているのか。

穿った見方をすれば、なぜ美蘭だけに寵愛を与えるのか、どうして自分だけアダルトグッズで苦痛を与えるのか、嫉妬と怒りに駆られているようにも見えた。

バイブを抜けば楽になるのに、こちらの指示を忠実に守っているのだから、少女の複雑な心理には苦笑するばかりだ。

莉奈のほうは明らかに大きな変化が現れ、足の震えが全身にまで伝播《でんぱ》していた。

美蘭が嬌声をあげるたびに腰をガクガクさせ、今や身も心も完全にシンクロさせているとしか思えない。

熱い吐息が洩れ聞こえ、熱気とフェロモンがムンムンと伝わるほどの発情ぶりだ。

「はあはあ、はあっ」

目をとろんとさせた莉奈はついに左手で乳房を、右手で股間をまさぐりはじめた。

すかさず小さなビキニがずれ、ピンクの乳頭と深紅色の肉びらが剝きだしになる。

両の指が動きはじめると、賢介はあまりの喜びに総身を粟立たせた。

(すごい、すごいぞっ!)

予想どおり、いや、それ以上の展開に、全身の細胞が官能の渦に巻きこまれる。

「チ×ポがほしいか!」

「ほしい、ほしいです! 挿れてっ! 挿れてくださいっ!!」

「まだだ!」

賢介は二本の指を膣口に挿し入れ、猛烈なピストンで蜜壺を攪拌した。

淫蜜がぐっちゅぐっちゅと濁音混じりの猥音を奏で、ヒップがおねだりするかのようにくねる。

「ひっ、ぐぅうぅっ」

美蘭は低い呻き声を発するや、顎を突きあげ、口を大きく開け放った。

「あ、あ、イクっ……イクっ」

「先生の許しを得ずにイクのか！　まだ我慢しろ!!」

「だめ……イクっ……イックぅうぅうぅっ」

膣肉がキュンと収縮し、指を食いちぎらんばかりに締めつける。巨乳少女は恥骨を激しく振り、秘裂から透明なしぶきをジャッと迸らせた。

膣から指を引き抜けば、マットの上へ仰向けに寝転ぶ。

至高《しこう》の絶頂を迎えたのか、快楽の海原に身を投じ、いつ果てるともなくヒップをわななかせていた。

「あ、あぁあっ」

湿った吐息が耳朶を打ち、目線を横に振れば、莉奈が床にペタンと腰を落とした。

シャッという音に続き、女座りの体勢から床に透明な液体が広がっていく。

彼女はメンバーの媚態を目の当たりにし、なんとお漏らしをしてしまったのだ。

「おやおや。スタジオ内で失禁するとは、とんでもないことをしてくれたな。これは、たっぷりお仕置きしてやらんと。こっちに来い」

美少女はしばし小さな息継ぎを繰り返していたが、惚けた顔を上げ、ゆっくり立ちあがった。

「莉奈、だめ……ンっ!?」

紗栄子が制そうと足を進めるも、バイブが膣肉を抉ったのか、顔をくしゃりと歪めて床に膝をつく。

(ふふっ。お前は、そこで快楽地獄を味わっていろ。今日で、完全服従させてやるからな)

莉奈が夢遊病者のように歩み寄ると、賢介は手を引っ張り、美蘭の真横に座らせた。

「乳首もおマ×コも丸出しで、すごい恰好だな」

「はあはあ、はあっ」

「足を広げて、先生に見せるんだ」

今の彼女は、催眠術にかかっている状態とまったく変わらない。

言われるがまま後ろ手をつき、ためらうことなく足をM字に開いていく。

女肉の花はすでにほころび、綴じ目はザクロのごとく裂開《れっかい》していた。

クリトリスは包皮を押しあげ、鮮やかな深紅色の内粘膜から濁り汁がゆるゆると滴り落ちる。

簡素だった縦筋は、すっかり大人の女性の肉唇に変貌していた。

「何だ……いやらしいおつゆで、もうビチョビチョじゃないか」

「は、ふうぅっ」

指先でスッとなぞっただけで、莉奈は甘ったるい声を放ち、ヒップをピクンとひくつかせる。どうやら乙女の性感は、限界ぎりぎりまで研ぎ澄まされているらしい。

軽やかなスライドで過敏な箇所に刺激を与えれば、にちゅくちゅという猥音が響き、内腿の柔肉が早くも痙攣を開始した。

4

「はうぅぅン……せ、先生ぇ」

「ん、何だ？」

「あたし……あたし」

「はっきり言ってくれんと、わからんぞ。舞台に立っても、同じセリフを言いつづけるつもりか？」

言葉で嬲り、指での律動をねちっこく繰り返す。クリットを爪弾き、上下左右にいらえば、ヒップが指の動きに合わせてグラインドした。

頭の隅に生じた羞恥心が邪魔をしているのか、彼女はなかなか答えない。

莉奈の花芯を指でくじりつつ、賢介は膝立ちの体勢から大股開きの美蘭の秘園に腰を割り入れた。

「さ、お望みどおり、チ×ポを挿れてやるぞ」

「あ……ぅぅン」

我に返ったのか、巨乳少女は目をうっすら開け、艶っぽい吐息をこぼす。

おびただしい量の恥液でぬめりかえった淫肉は、何の抵抗もなく男根を招き入れていった。

「ほうら、入ってくぞ」

「あ、あ……」

卑猥な肉擦れ音とともに、猛々しい逸物が女肉の狭間に埋めこまれていく。眉をハの字に下げ、結合部に羨望《せんぼう》の眼差しを向ける莉奈の表情が何とも悩ましい。

ペニスを根元まで埋没させたあと、賢介はリズミカルなピストンを開始し、雁首でこなれた膣壁をこすりあげた。

「あ、ンっ、やっ」

性感が息を吹き返したのか、美蘭は張りつめた乳房を手ずから寄せて揉みしだく。

「あっ、いいっ、先生、いいっ！」

媚びを含んだ声が放たれるたびに、莉奈の反応がまたもや際立った。

全身をぶるぶる震わせ、狂おしげな顔で息を弾ませる。

喉がカラカラに渇いているのか、白い喉を何度も波打たせ、唇のあわいで舌を物欲しげにすべらせた。

「あンっ、先生！　すぐにイッちゃいそう」

「いつイッても、いいぞ。素直な子は、何度もイカせてやるからな」

聞こえよがしに言い放つと、莉奈は腰をくねらせながら呟いた。

「い……挿れてください」

「ん、何だ？　よく聞こえないぞ」

「私にも……挿れてください」

「何を、どこに挿れるんだ？」

今にも泣きそうな表情が、牡の性欲本能をビンビン刺激する。

類希なる美少女は喉をコクンと鳴らし、艶めいたピンクの唇をゆっくり開いた。

「おチ×チンを……おマ×コに挿れてください」

「ようし、よく言った！」

愕然とする紗栄子を尻目に、美蘭の膣の中から怒張を引き抜く。そして莉奈に抱きつきざま、身体を反転させて騎乗位の体勢に取って代わった。

鋼の蛮刀を握りしめ、切っ先を濡れそぼつ恥割れにあてがう。腰を軽く突きあげただけで宝冠部は陰唇を割り開き、うねる媚肉が張りつめた肉棒を手繰り寄せた。

「ひっ、ぐっ！」

雁首がとば口をくぐり抜け、愛液がにちゅぷぷっと淫靡な音を奏でる。心地いいぬめりと摩擦に酔いしれつつ、賢介は剛直を蜜壺の中に埋めこんでいった。

（ふっ、この体位なら、紗栄子からは入ってるとこが丸見えだからな）

剛直が根元まで差しこまれるや、マシンガンピストンで子宮口を穿ち、小さな身体がトランポリンをしているかのように弾む。

「あっ、あっ、やぁぁあぁっ！」

「ほうら、待ちに待ったチ×ポだぞ。気持ちいいかっ!?」

「いい、いいっ、気持ちいいです……ン、はぁぁぁあっ！」

スライドの合間に肉の砲弾を膣奥にドシンと撃ちこめば、莉奈はソプラノの声を高らかに轟かせる。

ペニスは大量の花蜜であっという間にベトベトになり、陰嚢から肛門まで滴るほどの乱れっぷりだ。

絶頂間際で中断された美蘭は、身を起こして不満を露にした。

「せ、先生、ひどい……途中でやめるなんて」

「我慢しろ。本選への参加が決まった以上、お前だけに特別レッスンするわけにはいかないんだ。チームワークはいちばん大切だと言ったろ」

こちらの言葉が届かないのか、巨乳少女は胸に縋りつき、乳首を口に含んで舐め転がす。そして股の付け根に右手を差し入れ、疼く女芯を自ら慰めた。

ここに来て、気丈な態度を崩さなかった紗栄子にも変化が現れた。

いつの間にか切なげな表情に変わり、半開きの口から荒々しい吐息が途切れることなく放たれる。

「ン……くっ」

すでに、軽いアクメには何度か達しているのかもしれない。

股間に目を向ければ、バイブレーターが膣から二、三センチほど飛びだし、ビキニのクロッチで何とか支えている状態だ。布地越しに愛液の雫がぽたぽたと滴り落ち、内腿のほうまでねとついていた。

「紗栄子、こっちに来い」

「はあはあ、はあぁ」

「バイブを抜いてやるから。さあ、早く。みんなで力を合わせて、グランプリを勝ち取ろうじゃないか」

「せ……先生」

クールなはずの少女の目から涙がはらはらとこぼれ落ち、おぼつかない足取りでゆっくり近づく。

抑圧《よくあつ》を一気に解放したのか、彼女は身を屈めて唇に貪りつき、積極的に舌を搦め捕っては唾液をじゅるじゅると啜りあげた。

「おっ、むっ」

舌根に痛みを覚えるほどの吸引力に目を白黒させつつ、腰を突きあげる。

莉奈は髪を振り乱し、依然として狂乱の歌声を張りあげていた。

「ッひぃぃぃンっ、い、いいいっ！　おチ×チン、硬い、おっきい！　おかしくなっちゃうぅぅっ！」

大きなストロークで膣肉を抉る一方、右手を紗栄子の股ぐらにすべりこませる。

バイブを握りしめて猛烈ピストンを繰りだせば、熱風の息が口中に吹きこまれた。

今度は左手を美蘭の股間に伸ばし、しこり勃った陰核を掻きくじる。

「ンっ、ふっ!?」

二人は顔を上げて呻き、粘着性の強い肉擦れ音が響くと同時に甘酸っぱい恥臭があたり一面に立ちこめた。

「ンふうぅぅッ、ンンっ、む……かはぁぁっ」

「んッハァァァァあッ、あいいィン、ンふぅっ！」

「きゃふっ、深っいンっ、ンンッん！　ン、はぁあぁぁっ」

嬌声の三重奏が美しいハーモニーを生み、淫蕩な演舞がクライマックスに達する。

いち早く、絶頂への扉を開け放ったのは美蘭だった。

彼女の性感覚は、もはや剝きだしの状態なのだろう。口から涎を垂らし、ヒップをシェイクさせては切迫した吐息を間断《かんだん》なく放った。

「あ、イクっ、またイッちゃう！　イックぅぅぅっ!!」

気をやったあと、童顔の少女はまたもやマットに横たわる。

「ひっ、ぐっ!」

ひと息つく間もなく膣奥に掘削の一撃を叩きこめば、莉奈は黒目をひっくり返し、こちらもエクスタシーへの螺旋階段を駆けのぼった。

「イクっ……イクっ……イッちゃう」

恥骨が打ち揺すられ、ヒップがくねるたびに、男根がとろとろの媚肉に引き転がされる。またもや失禁したのか、結合部からしぶく生温かい湯ばりが会陰から陰嚢をしとどに濡らす。

莉奈が真横に崩れ落ちたところで、賢介は身を起こしざま紗栄子の腰を摑み、力任せに引き寄せた。

「あ、ンっ!」

愛液まみれのバイブレーターを引っこ抜き、後背位の体勢から肉槍の穂先を恥割れに押し当てる。

肥厚した二枚の唇が亀頭を咥えこみ、熱い粘膜が鈴口にへばりつく。

「む、おおっ」

「ひぃ、ンっ!」

これまで肌を合わせた回数は、紗栄子がいちばん多い。ペニスが膣と同化するような感覚に見舞われ、賢介は脂汗を垂らして射精欲求を堪えた。

それでなくても、莉奈と美蘭相手に恥辱の限りを尽くしていたのだ。苛烈な刺激を受けつづけたペニスは赤黒く張りつめ、いつ暴発してもおかしくない状況だった。

（くう……まだだ。もう少し我慢しろ）

放出願望を先送りし、腰をゆっくり突き進める。

「ン、ンンっ、はぁあぁぁぁっ!?」

驚いたことに、紗栄子はペニスを膣奥に差し入れただけでオルガスムスに達してしまった。

凄まじい痴態をさんざん見せつけられ、性感は崖っぷちにまで追いつめられていたのだろう。賢介は括《くび》れたウエストに手を添え、ご褒美とばかりに怒濤のピストンで子宮口を小突いていった。

「あ、あ、あ……」

「お前をリーダーにしたのは、やっぱり正解だった。よく我慢したな。先生、とってもうれしいぞ！」

「せ、先生……あ、ふぅ」

予定調和とばかりに褒めそやせば、腰がぶるっと震え、膣内粘膜が喜び勇んでペニスにむしゃぶりつく。

岸壁を打ちつける荒波のごとく、雄々しい波動を延々と打ちこむと、紗栄子は喉を絞ってよがり泣いた。

「はぁっあああっ、先生、すごい、奥に当たる、ひあっ、あおっ、おぉお、あぐっ、イグっ、イッちゃう、またイッちゃうのぉおっ！」

「いいぞ、何度でもイカせてやるからな」

腰の回転率を上げたとたん、今度は慟哭に近い噎《むせ》び泣きが轟いた。

「かはッ、ンあ、がッ。ンおああぁッ、イグっ、イグぅうっ！」

バチンバチーンと恥骨がヒップを叩き、尻肉の表面がさざ波状に揺れる。

嬌声と肉の打音が鼓膜に届いたのか、莉奈と美蘭が同時に目を開け、気怠《けだる》げに身を起こした。

両脇から結合部を覗きこみ、これまた仲よく熱い溜め息を放つ。

「すごい……おチ×チンが、先輩の中にずっぽり入ってる」

「おマ×コがヌルヌルで、お肉が今にも飛びだしてきそう。あぁ、美蘭もほしい」

「ふっ、はっ、ふっ……待ってろよ。お前たちにも、またぶちこんでやるからな。その前に、先生もイカせてくれっ！」

峻烈《しゅんれつ》な刺激の連続で、これ以上耐え忍ぶのは限界だった。

全身の血が煮え滾り、切ない痺れが理性や自制心を瓦解《がかい》させていく。

賢介は至高の放出に向けて腰をしゃくり、情け容赦ないピストンをこれでもかと繰り返した。

紗栄子の身体が前後に激しくスライドし、毛穴から大量の汗が噴きこぼれる。やがて、絹を裂くような悲鳴が室内にこだました。

「ひうっ、イクイクっ、イックぅぅぅンっ！」

「ぬ、おおぉぉぉおっ！」

膣からペニスを引き抜いたところで、真横から莉奈の手がスッと伸びる。

「おふっ」

紗栄子が俯せ状態から身をひくつかせるなか、柔らかい指がギンギンに反り勃つペニスを握りこみ、猛烈な勢いでしごかれた。

「あ、莉奈、ずるい」

美蘭も唇を尖らせ、負けじと肉棒に指を巻きつかせる。

「お、おおっ」

教え子から想定外のダブル手コキを受け、腰の奥が甘美な鈍痛感に覆われた。

莉奈は手首を返してスクリュー状の刺激を吹きこみ、おとなしくて真面目だった少女と同一人物だとはとても思えない。

美蘭も根元を中心にリズミカルな抽送を繰り返し、あまりの淫靡な光景にふたつの皺袋がクンと持ちあがった。

二人の美少女は目をきらめかせ、一刻も早く射精させようと躍起《やっき》になる。

「はふっ、はふっ、むむっ」

うれしい誤算に息を弾ませるも、生粋《きっすい》のサディストとしては複雑な心境だ。

(まさか、この子たちがここまで積極的になるなんて……)

何にしても男のロマンを実現させ、生きている喜びを心の底から噛みしめる。

背筋がゾクゾクし、火の玉が全身を駆け巡った。一条の光が脳天を貫き、荒れ狂う牡の証が堰《せき》を切って溢れだした。

「うおっ、イクっ、イクぞっ！」

「出して、出して！」

「先生、いっぱい出してぇ!!」

莉奈と美蘭が同時に叫び、ふっくらした指腹が雁首を強烈に絞りあげる。

「ぬ、おおっ！　イックぅっ!!」

「きゃンっ、出たぁ」

輪精管をひた走った精液がびゅるんと迸り、紗栄子のなだらかな背中からヒップを打ちつける。

もちろん、欲望の放出は一度きりでは終わらない。濃厚なエキスは勢い衰えず、二発三発四発と立て続けにしぶいていった。

「きゃっ、また出た」

莉奈が皮を鞣《なめ》すように肉胴を根元から雁首まで絞りあげ、尿管内の残滓《ざんし》がぴゅっと跳ね飛ぶ。

美蘭は敏感な尿道口に手のひらを被せ、くるくると回転させながらこすりたてた。

「お、お、おおっ」

「先生、もっと出して」

「あ、ちょっ……」

莉奈が負けじと、ひくつく陰嚢をつまんで転がし、弄くりまわす。下腹部を覆い尽くす心地いい圧迫感に、賢介は天を仰いで咆哮した。

「く、ほぉぉぉぉっ」

もはや、三人の美少女は完堕ちさせたといってもいいだろう。

（あぁ、最高だ……もう死んでもいいかも）

法悦のど真ん中に放りだされた賢介は、笑みを浮かべたまま悦楽の波間をいつまでもたゆたった。

エピローグ

八月二十九日、土曜日。

大手レコード会社主催のオーディションが開催され、十一歳から十九歳までの少女たちがアイドルを目指して日頃の成果を披露した。

歌唱とダンス、水着審査、質疑応答と、オーディションは滞《とどこお》りなく進み、あとはグランプリの発表を待つばかりだ。

舞台袖から、結果を待ち受ける教え子らの姿を固唾《かたず》を呑んで見守る。

極度の緊張のあまり、今にも心臓が口から飛びでそうだった。

(ええい、だらしない！　俺なんかより、彼女たちのほうがシビアな状況に立たされてるんだぞ)

このひと月、三人の少女は賢介が心配するほどの努力とガッツを見せてきた。

歌やダンスはさらに上達し、表現力も身につき、彼女たち自ら『かわいいお色気』というアピールポイントを作りあげたのである。

チームワークは少しも揺らぐことなく、トップアイドルになりたいというモチベーションは最後まで下がらなかった。

もちろん特別レッスンは定期的に行われ、彼女らの積極的な振る舞いには、賢介のほうがタジタジになることも一度や二度ではなかった。

(いつもどおり、今日のパフォーマンスも無難にこなしてたし、審査員からの質問も臆《おく》することなく答えてた。この調子なら、ひょっとして特別賞ぐらいはとれるかと思ったんだけど……)

すでに特別賞と準グランプリの発表は終わったが、ピンクミラージュの名前が呼ばれることはなかった。片田舎の地下アイドルが全国区のアイドルになるのは、やはり厳しいのかもしれない。

「お待たせいたしました。それでは、グランプリ受賞者を発表いたします! 今年度のアイドルオーディション! グランプリに輝いたのは……」

司会者の声に続き、色とりどりのスポットライトが舞台を照らす。

ドラムロールが鳴り響き、観覧席が水を打ったように静まりかえった。

（ど、どうなんだ？）

息を呑み、身を乗りだして手に汗握る。

「ピンクミラージュの面々ですっ!!」

時の流れが止まり、口を開け放って呆然とした。

幻を見ているのではないか、夢なら覚めないでくれと切《せつ》に願った。

彼女らも同じ気持ちだったのだろう、目をしばたたかせ、互いの顔を見合っている。

そしてようやく実感が湧いたのか、抱き合い、涙を流して喜びを露にした。

（し、信じられない……嘘だろ）

恥ずかしいレッスンに耐え、物怖じしなかったことが、好結果をもたらしたのか。

それともグループ内のいい意味でのライバル心が、能力以上の実力を引きだしたのか。

いずれにしても、熱い感動が胸の内に広がる。

授賞式が執《と》り行われるなか、賢介の目にもキラリと光るものがあった。

控え室に戻っても、三人の少女は溢れだす感情を抑えることなく、しがみついて離れなかった。

「お前たち……よくがんばったな。先生もうれしいぞ」

おさな子のように泣きじゃくる彼女らが、心の底から愛おしい。

労《ねぎら》いの言葉をかけ、背中を撫でさすり、必死になだめても嗚咽は途切れなかった。

(無理もないか……この子たちからしてみれば、とんでもないハードな一カ月だったもんな)

保護者も気を利《き》かせて控え室をあとにし、自分たちだけが残される。

「さ、もう泣くのはやめろ。このあと、先生はレコード会社の人と話し合いをしなきゃならないんだから」

気分が落ち着きはじめたのか、手で涙を拭った莉奈が顔を上げて呟いた。

「ありがとうございます。グランプリがとれたのも、先生のおかげです」

「何を言ってる。すべては、お前たちの努力のたまものだ」

柄にもなく謙遜《けんそん》したとたん、股間に甘美な電流が走り抜ける。

絶世の美少女は一転して頬を赤らめ、男の中心部に手のひらを這わせた。

「お、おい」

「ご褒美……ください」

「い、いや、それは……お母さんたちが、近くの喫茶店で待ってるんだろ?　早く行ってあげないと。また次の機会に……むっ」

桜色の指先が肉筒に沿って繊細な動きを見せ、スラックスの下のペニスに強靭《きょうじん》な芯が注入されていく。

チャックが下ろされ、中から逸物と陰嚢が引っ張りだされると、今度は紗栄子と美蘭の啜り泣きがピタリと止まった。

「あぁン、先生。もう、こんなに……」

「ちょっ……」

肉幹をシュッシュッとしごかれ、男の分身がいやが上にも鎌首をもたげる。莉奈はすかさず腰を落とし、小さな舌で裏筋から亀頭冠をペロペロ舐めあげた。

「あ……一人だけずるい」

二人の美少女も慌ててしゃがみこみ、両脇からピンクルージュに彩《いろど》られた唇を近づける。莉奈は早くも男根を咥えこみ、ローリングフェラで牡の証を蹂躙していった。

ぎゅぽっ、じゅぷっ、ちゅぷちゅぷちょぱっ、ぢゅるぷ、ぐぽぽぽぉっ！

卑猥な吸茎音が室内に反響し、ペニスがあっという間に完全勃起を示す。

「いつまで独り占めしてるの！　今度は、私っ！」

「あ……ぷふぅ」

紗栄子がペニスを奪い取り、猛烈なバキュームフェラで吸引すると、賢介は口をひん曲げて喘いだ。

「む、むおぉっ」

「先輩、私にもっ！」

「あ、ンっ」

ちゅぽんという音に続き、今度は美蘭が大口を開けて勃起を呑みこんでいく。

(あ、ああ……トリプルフェラだ)

想定外の展開に戸惑う一方、性感は確実に上昇の一途をたどった。

彼女らは感謝と喜びを、身をもって表しているのだろう。いつにも増して苛烈な口唇奉仕は、賢介にこの世のものとは思えぬ愉悦を与えた。

三人の美少女は我先にと怒張を奪い合い、なめらかな唇と口腔粘膜でペニスの芯にとてつもない快美を吹きこむ。

懸命に踏ん張るも、腰が持っていかれそうな激しさだ。

男根は瞬く間に大量の唾液をまとい、照明の光を反射してヌラヌラと妖しく照り輝いた。

「おお、おおっ」

あまりの昂奮に心臓が早鐘を打ち、両足が小刻みな痙攣を開始する。白濁の溶岩流が射出口に集中し、脳幹がバラ色の靄に覆い尽くされる。

「あ……あ……そんなにしゃぶったら……イクっ、イッちまうぞ」

「イッて、イッてください……たくさん出して」

莉奈が口から怒張を吐きだし、艶っぽい視線を投げかけながら柔らかい手のひらでしごきたおす。

紗栄子と美蘭も手を伸ばし、陰嚢や亀頭冠を執拗に弄りまわした。

今しがたまで泣いていたのに、瞳をキラキラさせ、目元をねっとり紅潮させた容貌が何ともエロい。

熱感が腰を打ち、情欲の戦慄《せんりつ》に身震いする。青白い性電流が背筋を突き抜け、快楽の奔流《ほんりゅう》に足を掬われる。

「ああ、も、もうだめだっ！」

賢介は我慢の限界を訴えると、自ら怒張を握りしめ、猛烈な勢いでしごきたてた。

「あぁん、ちょうだいっ！」

「先生、私のお口に出して！」

「美蘭にもっ！」

三人の少女が餌を待つひな鳥のように口を開け、放出の瞬間を待ち受ける。

「ぬおおっ、イクぞっ！」

亀頭冠が限界まで張りつめた瞬間、鈴口から濃厚な一番搾りが一直線に迸った。

「きゃンっ！」

白濁のつぶては莉奈の鼻筋から前髪を、ムチのごとく打ちつける。賢介は肉棒を左右に振り、二発目三発目を紗栄子と美蘭の口中に解き放った。

「おおっ、おおっ」

欲望の排出はとどまることを知らずに放たれ、可憐な唇と口元を真っ白に染めていく。欲望の噴流《ふんりゅう》がようやく途切れたあと、少女らは喉をコクンと鳴らし、牡のエキスを嚥下《えんげ》していった。

「はあはあ、はあぁぁっ」

荒々しい息継ぎを繰り返すなか、莉奈が片目を開けて満足げな微笑をたたえる。そして再び肉棒を鷲摑むや、ザーメン滴る亀頭冠に唇を被せ、さもうれしそうに清めていった。

紗栄子や美蘭もあとに続き、柔らかくて生温かい舌が雁首や胴体を這いまわる。

「おっ、おっ、おっ」

身も心も蕩けそうな愉楽は、この先も手放せそうにない。

（やっぱり……スクールは閉鎖して、この子たちのマネージメントに一本化したほうがいいかも）

賢介はぼんやり思いながら、お掃除フェラに没頭する美少女らを虚ろな目で見つめていた。

◎本作品の内容はフィクションであり、登場する個人名や団体名は実在のものとは一切関係ありません。

◉新人作品**大募集**◉

マドンナメイト編集部では、意欲あふれる新人作品を常時募集しております。採用された作品は、本人通知のうえ当文庫より出版されることになります。

【応募要項】未発表作品に限る。四〇〇字詰原稿用紙換算で三〇〇枚以上四〇〇枚以内。必ず梗概をお書き添えのうえ、名前・住所・電話番号を明記してお送り下さい。なお、採否にかかわらず原稿は返却いたしません。また、電話でのお問い合せはご遠慮下さい。

【送付先】〒一〇一‐八四〇五　東京都千代田区神田三崎町二‐一八‐一一　マドンナ社編集部　新人作品募集係

【完堕ち《かんおち》】アイドル養成学校処女科《あいどるようせいがっこうしょじょか》

著者◉羽村優希【はむら・ゆき】

発行◉マドンナ社

発売◉二見書房　東京都千代田区神田三崎町二‐一八‐一一

電話　〇三‐三五一五‐二三一一（代表）

郵便振替　〇〇一七〇‐四‐二六三九

印刷◉株式会社堀内印刷所　製本◉株式会社村上製本所　落丁・乱丁本はお取替えいたします。定価は、カバーに表示してあります。

ISBN978-4-576-20104-7 ◉Printed in Japan ◉©Y.Hamura 2020

マドンナメイトが楽しめる！　マドンナ社**電子出版**（インターネット）……………………https://madonna.futami.co.jp/

Madonna Mate